片想い探偵　追掛日菜子

辻堂ゆめ

幻冬舎文庫

片想い探偵

追《おい》掛《かけ》日《ひ》菜《な》子《こ》

「推《お》し」とは——

自分が支持、愛好している対象。

アイドルグループのファンが自分の好きなメンバーを表すのに使用する「推しメンバー（イチ推しメンバー）」をさらに短縮した言葉。

目次

共有部屋の中では、今日もまた、由々しき事態が発生していた。

「うっわ」

自室に足を踏み入れた瞬間、異常を感知した翔平《しょうへい》は思い切り顔をしかめた。

「まぁた変わったよ……」

いつまで経っても慣れない。いや、慣れてはいけないと、辛うじて保たれている翔平の理性が命令していた。

鞄《かばん》を床に置き、腰に両手を当てて四方の壁を見回す。平均して二、三週間にいっぺんは起こる事象だ。残念ながら、いつ起こるか前もって知ることはできないし、予測する手立てもない。

自分の意思とは無関係に部屋の〝模様替え〟が行われるのは、もはや日常茶飯事だった。

犯人は分かりきっている。アコーディオンカーテンで仕切られた部屋を十年以上ものあいだ共有している、あのエキセントリック・モンスターだ。

「……で、誰だこれ」

壁を眺めながらそう呟《つぶや》いたところで、階段を上ってくるスリッパの音に気がついた。一歩後退し、振り返ると、掃除機を床に下ろして電源コードを引っ張っているエプロン姿の母と鉢合わせした。

「ねえお母さん」

「はい？」

「俺とあいつって、どうしてこの歳《とし》になっても同じ部屋なんだっけ」

「しょうがないでしょ。あなたたちに一部屋ずつあげたら、お父さんとお母さんはどこで寝ればいいのよ」

「じゃなくてさ。この子ども部屋、もっと強固な壁で分割することはできなかったんだっけ」

「リフォームにお金がかかるんだもの。あなたたちが巣立った後に部屋を広く使えないのは困るし」

「じゃあ、せっかく間仕切り用のアコーディオンカーテンをつけてもらったのに、どうして基本的に開きっぱなしなんだっけ」

「日菜《ひな》がすぐに開けるからよね。着替えのときと寝るときくらいしか閉めないものね、あの子」

　母はのんびりとした動作で屈《かが》み込み、壁のコンセントに掃除機の電源プラグを差した。

「女の子だし、思春期になったらプライベートの空間が欲しくなるかと思ったんだけど、案外そうならなかったわねえ。日菜ったら、よっぽどお兄ちゃんのことが好きなのね。なんだかんだ話したいのよ」

「いや、あいつはただ——」

　否定の言葉は、母がスイッチを入れた掃除機の音に呑《の》み込まれた。

　掃除の邪魔をしないように、翔平は部屋へと戻った。改めて、十畳ほどの共有部屋の中をぐるりと見回す。向かって右が翔平、左が日菜子のスペースだ。両側にシングルベッドと勉強机が一つずつ置かれ、奥の壁に沿ってそれぞれの所有物が詰まった引き出しや棚が並べられている光景は、小学生の頃から変わらない。しかし、この部屋のインテリアにおける不本意な〝統一感〟は、年々程度が増しているようだった。

　妹の日菜子が、高校生という多感な時期であるにもかかわらず、兄と部屋を分けようとしないのは何故か。それは、兄と話したいわけでも、閉所恐怖症だからでもない。

　——壁の面積を、減らしたくないだけだ。

壁一面にびっしりと貼《は》られた、イケメン男子の写真。ふと見上げれば、天井からも視線が降り注ぐ。

髪を掻き上げてみたり、水を滴《したた》らせてみたり。

身体《からだ》を反《そ》らせてみたり、自由自在に悩殺ポーズを決めてみたり。

無邪気にピースサインを出してみたり、真剣な顔で唇を結んでみたり。

右からも、左からも。

前からも、後ろからも。

上からも、下からも。

顔、顔、顔、顔――何百もの同じ顔が、ありとあらゆる角度から、熱っぽい視線をこちらに注いでいる。

今回は、俳優だろうか。

それとも、アイドルだろうか。

昔は、日菜子の勉強机の周りだけだった。それがベッドの脇、本棚の側面、壁や天井へと広がっていき、いつの間にか翔平側のスペースまで侵食するようになった。アコーディオンカーテンの隙間からはみ出すくらいなら可愛いものだが、翔平が壁にかけていたはずのカレンダーを外してまで趣味の写真で埋め尽くすのだからたちが悪い。

これでは、プライバシー権どころか、健康で文化的な最低限度の生活を営む権利さえ侵害されつつある。

「俺が寛容だからって、いつまでも甘えるなよ」

一際《ひときわ》大きくプリントアウトされた上半身裸《はだか》のイケメンを日菜子に見立て、まっすぐに人差し指を突き立てた。直後、自らが発した言葉の虚《むな》しさに、翔平はがっくりと肩を落とした。

第一話

舞台俳優に
恋をした。

二十日午後七時四十分頃、人気俳優の草野《くさの》京太郎《きょうたろう》さん（26）が、出演していた舞台の公演中にステージ上で刺されて死亡した。警視庁は、刃物を持ち込んで草野さんを殺害した疑いがあるとして、共演者の須田《すだ》優也《ゆうや》さん（20）から任意で事情を聴取している。

＊

頼むよ、と目の前で熱弁を振るっていた男子が懇願するような声を出した。両手を合わせ、机に短い前髪が触れるくらい深々と頭を下げる。

「このとおり。お願いします。こっちは真剣なんだ、本当に」

「ちょっと、困るよ」

日菜子はか細い声で言い、男子の顔を上げさせようと中途半端に手を伸ばした。なんだか落ち着かなかった。椅子に座ったまま、もぞもぞと身体を動かす。

「じゃ、考えてくれる？」

「ううん、それは——」

「お願いだから」

「もっと可愛い子、他にいっぱいいるのに」

「俺は君がいいと思ったんだ」

「私を選ぶなんて、やめたほうがいいよ」

昼休みが始まって十五分。ほとんどのクラスメートはまだお弁当や購買のパンを食べていて、ちらちらと横目でこちらを眺めている。日菜子が教室の中でこんなに注目を集めるなんて、めったにないことだった。よりによって、さっきまで隣に座っていた鞠花《まりか》と沙紀《さき》は、紙パックの飲み物を買いに行くと言って、二人揃《そろ》って購買へと出かけてしまっている。

心臓がドクドクと音を立てている。顔も赤くなっているに違いない。クラスメートに見られていることを意識すると、余計に身体が熱くなった。

さっきから日菜子を口説き落とそうとしているのは、今年の文化祭実行委員長のようだった。同じ学年のはずだけれど、クラスが一緒になったこともないし、部活も違うから、一度も話したことがない。

「うちのクラスだったら、ほら、チアリーダーやってる葉子《ようこ》ちゃんとか、どう？」

「彼女は確保済みなんだ」

「あとは――バスケ部のマネージャーの、恵理《えり》ちゃんとか」

「そっちも手は打ってある。だけど、どうしても追掛《おいかけ》さんに決意してもらいたいんだ。潜在的なポテンシャルで言ったら、君が間違いなく学年一なんだからね」

提案を次々に薙《な》ぎ払われ、日菜子は唇を結んだ。そのとき、廊下の方面から、「まさか、日菜ちゃん告られ中？」という面白がるような声が聞こえてきた。

首を伸ばしながら教室に入ってきたのは、西戸《にしど》鞠花と石渡《いしわたり》沙紀だった。片手にそれぞれアイスココアとイチゴミルクの紙パック容器を持っている。ようやく帰ってきた、と日菜子はほっと息をついた。

目を輝かせている二人に向かって、日菜子より先に、文化祭実行委員長が口を開いた。

「勧誘だよ。今度の文化祭、初のミスコンを企画してるんだ。それで、候補者を集めてるんだけど、ぜひ追掛さんに出てもらえないかなあと思って」

「え、ミスコン？　日菜ちゃんに？」

鞠花と沙紀がぽかんとした顔をした。直後、ひっくり返りそうなほど身体を反らし、大きな声で笑い出す。

「え、おい、何が可笑《おか》しいんだよ。追掛さん、あんまり目立たないようにしてるみたいだけど実は学年でダントツに可愛いって、企画会議でも太鼓判押されてたんだぞ」

文化祭実行委員長が慌てた様子で二人に食ってかかると、「だって、ミスコンなんて、ぜんっぜん似合わないもん」と鞠花が身も蓋《ふた》もない発言をした。

「そっかあ、他のクラスの男子から見たらそういうイメージなんだね。確かに去年も、クラスの文集で『可愛い人ランキング』一位だったもんなあ。ナチュラルメイクどころか常にすっぴんなのに、ホントすごいよ」

「そのくせ、『すぐに彼氏ができそうな女子ランキング』は圏外っていう」

ふふふ、と鞠花と沙紀が顔を見合わせて口元を押さえた。彼女たちの言葉の意味が分からないらしく、文化祭実行委員長は目を白黒させている。

「日菜ちゃんには、いつだって、彼氏なんかより好きな人がいるもんね」

「ね！」

「ミスコンなんて出てる暇ないよね」

「ないない。今の日菜ちゃん、須田優也くんにゾッコンだもん」

その名前が沙紀の口から飛び出した瞬間――日菜子の心臓は、ドクンと大きな音を立てた。

幸せな響きが、温《ぬく》もりとともに、胸の中でじんわりと広がっていく。

ワンテンポ遅れて、日菜子は音を立てて椅子から立ち上がった。

「そんなこと言わなくていいでしょ！」

好き勝手に日菜子を貶《おとし》める会話を繰り広げている二人に抗議する。鞠花はひらひらと右手を振って、「まあまあ」と笑った。

「とにかく、ミスコンに誘おうとするのは諦めたほうがいいよ。日菜ちゃん、ひどい上がり症だから。英語の授業でプレゼンしたときも首まで真っ赤になってたし、音楽の授業でみんなの前で歌を発表したときなんか声がかすれてまったく出てなかったし。今だって、クラスのみんなに注目されただけでしどろもどろになってるでしょ。文化祭のステージなんかに立ったら卒倒しちゃう。ね、日菜ちゃん」

うんうん、と日菜子はすかさず頷《うなず》いた。やはり、仲間がそばにいるのは心強い。文化祭の実行委員を務めるような学年の中心人物相手に、日菜子一人では対等に渡り合えなかっただろう。

「日菜ちゃんにとってのステージは、立つところじゃなくて、見上げるところだもんね」

そうそう、と再び頷きそうになったのを直前でこらえ、要らぬ付け足しをした沙紀の肩を「もう」と小突いた。

文化祭実行委員長は、鞠花と沙紀に恨めしそうな目を向けてから、「前向きに考えといて。よろしくな！」と捨て台詞《ぜりふ》を残し、逃げるように二年一組の教室から出て行った。

「いやあ、面白いこともあるもんだね」

鞠花と沙紀が、紙パック容器にストローを差しながら椅子に腰かけた。日菜子の机を取り囲むようにして、三人揃ってお弁当の包みを開ける。

ようやく、いつもの平和なお昼休みが始まった。クラスメートたちがそれぞれのグループでの会話に戻っていく気配を感じ取り、日菜子はほっと安堵《あんど》のため息をついた。

「ぶっちゃけ、どう？　ミスコン出たかった？」

「ううん、全っ然」

考えるのも恐ろしい。チアリーダーや運動部のマネージャーをやっている女の子たちと一緒にステージに立つなんて、文芸部の日菜子にできるわけがなかった。しかも、その文芸部でさえ、幽霊部員ときている。

「ミスコンで優勝したら、彼氏、できるかもよ」

「うーん。そう言われてもなぁ」日菜子は右手に箸《はし》を持ったまま、机の上に頬杖をついた。「彼氏って、どうなんだろうね」

「……というと？」

鞠花が卵焼きを箸でつまみ上げながら片方の眉を上げる。

「喧嘩したら悩みそうだし、既読スルーされたらモヤモヤしそうだし。他の女の子が寄ってきたら不安になりそうだし、自分の好意やわがままを押しつけすぎると嫌われそうだし。なんていうか、楽しいことばかりじゃないと思うんだよね」

「うんうん。で？」

「そういう面倒事の多い関係よりは、変に近づきすぎて喧嘩することもないし、お手紙やメッセージを送っただけでドキドキできるし、幸せでいられるし、同じ人を好きな女の子と仲良くするのは情報収集が捗《はかど》るからむしろメリットだし、いくら一方的に好きでいても許されるし、究極の理想を求め続けても決して壊れない関係のほうが、よっぽど楽だと思う」

「それは、つまり？」

「彼氏より、推しとのほうが、ずっと幸せな関係を築ける」

日菜子がそう言った瞬間、鞠花と沙紀が一斉に笑い声を上げ、大げさに手を叩《たた》いた。

「つまり、日菜ちゃんはいつでも幸せの絶頂にいるってことね」

沙紀がニヤニヤしながらウインナーに箸を伸ばした。「毎日毎日、須田優也くんの話してるもんね」

「だって……あんなにかっこよくて可愛くてクールな子、なかなかいないよ？」

日菜子は身を乗り出して、沙紀に向かって力説した。

「もうさ、なんていうのかな、優也くんは神様なんだと思う。考えるだけで尊いもん。一言でいうと、可愛さの暴力って感じ。あーもうむり。むりむりむりむり！」

想像しただけで胸が苦しくなり、身悶《みもだ》えてしまう。何の変哲もない昼休みの教室が、急にぱあっと輝いて見え始めた。

「ファンに対してはちょっと塩対応だけど、それも含めて優也くんなりのキャラなんだろうし、それでいて何度も現場に通ってるファンには『あ、どうも』なんてぼそりと挨拶してくれて、あーもうそんなこと言われた暁には私だったらその場で優也くんを抱きしめたくなっちゃうな、生まれてきてくれてありがとうってひれ伏したくなっちゃうな、あ、でも推しに怖い思いをさせるのは信条に反するから接触イベントで合法的に触れることが許されてる優也くんの右手だけはせめて思い切り握りたくなっちゃうなぁ、でもそんなに強く締めつけたら嫌われて次から干されるんじゃないかとか」

「こらこら、日本語日本語」

鞠花が手を伸ばしてきて、日菜子の額をぺちんと叩いた。

「来週、定期テストなのにねえ。家に帰ってからちゃんと勉強してる？」

うっ、という声が喉から漏れる。「テストの話はやめよ……」と肩を落とすと、「ま、赤点さえ取らなきゃ大丈夫でしょ」と鞠花は豪快に笑った。

「そういえば、今週末、『白球王子《はっきゅうおうじ》』の千秋楽だよね。優也くん主演の」

沙紀が思い出したように手を打って、日菜子の顔を覗《のぞ》き込んできた。

「日菜ちゃん、チケット取った？」

「もっちろん！」

右手を突き出し、勢いよく親指を立てると、沙紀は「さすが。いいなあ」と眉尻を下げた。

「私も申し込んだんだけど、外れちゃったんだよね。草野京太郎が桜《さくら》部長役で出てるから、見に行ってみようと思ってたんだけど」

「えっ、沙紀も行こうとしてたの？」鞠花が驚いた声を上げた。「先に教えてくれれば、チケット譲ったのに。一緒に行く人いないと思って、お姉ちゃん誘っちゃったじやん」

「えー、そうだったの」

「うわあ、残念」

鞠花と沙紀の会話を聞き流しながら、日菜子は舞台『白球王子』について思いを巡らせた。

草野京太郎というのは、今回の公演のキャストの中で一人だけ別格の、今をときめく大人気俳優だった。連ドラや映画にも出演している俳優だから、一般人にもファンは大勢いる。その草野が主人公の次に重要な役どころで出演するということで、今回のチケット争奪戦には、沙紀のような草野京太郎ファンも多数参加したようだった。

草野が原作の野球漫画を愛読していたことから、特別出演が決まったらしい。だが、鞠花や日菜子のような舞台俳優ファンにとっては、倍率が跳ねあがってチケットが取りにくくなるのはマイナスでしかなかった。

「日菜ちゃんは、どの回に行くの？」

「んーと、鞠花は？」

あえて訊《き》き返す。「土曜日の昼公演だよ」という鞠花の言葉を聞いて、日菜子はほっと胸を撫《な》で下ろしながら答えた。

「そうなんだぁ、残念！　私、日曜日の夜公演」

「ええっ、千秋楽！　いいなあ、チケット取れたんだ。倍率高かったろうに」

自分だけでなく家族全員の名義で申し込んだ上、毎日毎日チケット転売サイトに張りつき続けてようやく最前列ど真ん中の席を手に入れたのだ――とは、言えない。

本当は、日曜夜だけでなく土曜夜の公演も見に行く予定であることも。その「お布施」――もといチケット代とグッズ代で、二か月分のアルバイト料がすっかり消え失《う》せたことも。

「日菜ちゃんは、中学の友達と見に行くんだっけ？」

「うん！」

その中学の友達というのが架空の人物であるということも――申し訳ないけれど、ちょっと、今は言えない。

「本当は日菜ちゃんと見に行きたかったんだけどなあ。もっと早く声かければよかった」

何も知らない鞠花は残念そうに呟いてから、「あっ、そうだ」と目を輝かせた。

「来月、須田優也くんの握手会イベントあるよね。一緒に行かない？」

「あ、それいつだったっけ？」

日菜子が訊くと、鞠花はブレザーのポケットからスマートフォンを取り出し、「ちょっと待ってね」と言って日程と場所を調べ始めた。

鞠花、ごめん――と、心の中で謝罪する。

須田優也のファースト写真集発売を記念した握手会イベントの日時と場所は、鞠花から聞くまでもなく、日菜子の頭の中にしっかりと叩きこまれていた。二〇一八年六月二日、土曜日。場所は、池袋にあるショッピングモールのイベントスペース。手帳には大量のハートマークとともに『優也くん握手会！』と書き込んであるし、写真集の最大特典である「五冊買ったらツーショットチェキ券」だってすでに確保済みだ。

「あ、池袋だって。六月二日、土曜日」

「池袋かぁ」日菜子は意識的に眉尻を下げた。「ごめん、ちょっと、お金が……」

「そっか。交通費、バカにならないもんね。横浜でもやってくれたらいいのにね。じゃあ、私も今回は見送ろうかな。ちょっと遠いし」

鞠花はあっさりと諦めてくれた。その様子を見て、胸が痛む。

本当は、鞠花や沙紀を連れていって、須田優也の魅力を存分に見せつけたいところなのだけれど――日菜子には、どうしても、彼女たちと一緒には行けない事情があるのだった。

「公演まであと二日かぁ。楽しみだね」鞠花が天井を見上げて満面の笑みを浮かべた。

「あ、そうだ、このあいだ貸した原作漫画、読み終わった？」

「とりあえず、最終巻まで読んだよ。今三周目に取りかかってるとこ」

「え、やば」

「アニメも実写映画も借りてきて全部見たし、鞠花がおすすめしてた恋愛ゲームもクリアしたし、過去の舞台公演のＤＶＤもあらかたチェックしたし……あと、何か忘れてることないかなぁ」

「うーんと、それはもう十分だと思う」

「あ、当日着ていく服は決めたよ！　一か月くらい前から雑誌をいろいろ読んでたんだけど、なかなか決まらなくって。やっと、このあいだ、土日二日間かけて、上から下まで全部揃えてきたんだぁ。あと、勢い余って下着まで買っちゃった！」

「下着ぃ？」鞠花が仰《の》け反った。「日菜ちゃん、めっちゃ気合い入ってるね。私も、もっと頑張らなくちゃ」

「そうだ、ダイエットもだった。三キロ痩せるって決めてたんだけど、あと〇・五キロがなかなか落ちなくて、あともうひとふんばり。プチ断食すればいけるかな？」

「日菜ちゃんはそれ以上痩せなくていいよ。十分可愛いんだから」

沙紀がお決まりの台詞を口にした。嬉《うれ》しいけれど、やっぱり妥協はできない。今日も晩御飯はおかずだけにして、炭水化物抜きダイエットに励む予定だ。

舞台『白球王子』の内容やキャストについて鞠花や沙紀と熱い議論を交わしているうちに、木曜日の昼休みは終わっていった。こういう話ができる女子と去年に引き続き同じクラスになれたという点で、日菜子はずいぶんと恵まれている。

そしてまた、クラス文集の『すぐに彼氏ができそうな女子ランキング』に追掛日菜子が決してランクインしないだろうことは、今年もほぼ確定していた。

＊

家に帰ったら、まずはリビングに顔を出して母に「ただいま」と声をかける。ダイエットをしていないときはお菓子を食べて、ちょっとばかり談笑する。それから、階段を駆け上がって、自分の部屋へと飛び込み、四方の壁から寄せられる推しの視線を全身で受け止める。

一日の中で、もっとも幸せな瞬間だ。

「優也くん、今日はブログ更新してるかなぁ」

日菜子はスキップをしながら部屋を横切り、自分の机の前に座った。勉強机というよりは、すっかりパソコン用の机になっている。まあ、反対側にある兄の勉強机だって漫画とライトノベルと携帯ゲーム機で埋まっているのだから、似たようなものだ。

ノートパソコンを開いて、電源を入れた。立ち上がるのを待つ間に、手元のスマートフォンでツイッターとインスタグラムをチェックする。友達と繫《つな》がる用途ではなく、趣味専用に開設したアカウントだ。

ツイッター上で、日菜子は須田優也のプロフィールページを開いた。画面をスクロールして、過去の投稿内容を辿《たど》っていく。

もちろん、須田優也が公に発信したことは日菜子のタイムラインにも流れてくるから、わざわざこうやって調べるまでもなくすべてチェック済みだ。でも、推しのSNSをフォローすることの一番の醍醐味は、投稿そのものを読むことではなかった。

ブログやホームページにはなく、SNSにはある楽しみ。

それは——推しの発信する個人的なメッセージを覗き見できることだ。

須田優也が、他の俳優や知り合いに、どんな返信をしているのか。

どういう人と仲が良くて、どんな言葉にどんな反応をしているのか。

その一つ一つを見ていると、まるで優也が自分の友達の一人であるかのように錯覚することができる。

また、極めて重要な情報が手に入ることも多かった。

「あっ」

今日も、どうやら収穫がありそうだった。須田優也のツイートの中に、『明後日、合流するの楽しみにしてる！』というリプライを見つけ、日菜子は画面をスクロールする手を止めた。

すかさず返信先をチェックする。大平昴《おおひらすばる》、という名のアカウントだ。知らない名前だけれど、フォロワー数が千を超えているから、おそらく俳優仲間だろう。

大平昴のプロフィール欄には、過去の出演作が列挙してあった。その中に『白球王子』の四文字がないことを確認し、日菜子は思わず胸の前でガッツポーズを作った。

一般的に、さほど世間に認知されていない若手舞台俳優たちは、それぞれが出演する舞台を互いに見に行くことが多い。そして、狭い会場の場合、関係者席と一般席の仕切りはほぼない。日菜子のような一般枠の観客でも、友人の出演舞台を見に来ている若手俳優を簡単に見つけることができるのだ。

『白球王子』の出演者ではない大平昴に対して、須田優也は『明後日、合流するの楽しみにしてる！』とメッセージを送っている。明後日の土曜日は昼公演と夜公演があり、優也が日中出歩ける時間はないはずだ。

つまり、これは——。

「計画変更、っと」

日菜子は床に置いてある鞄から手帳を取り出し、メモ用のページを開いた。今しがた入手した情報を元に土日の行動予定を練り直すべく、机の上に転がっていた消しゴムを手に取る。

「鞠花や沙紀と行きたいのは、山々だけどさぁ」

独り言を言いながら、会場外で出待ちをするつもりだった土曜夜の予定を丁寧に消していく。

舞台鑑賞に、連れは要らない。

その理由は——。

「こんな姿、見せられないもんね」

日菜子はそっと呟いて、この半年ですっかり使い古してしまったピンク色の手帳に書き込んだ。

『二十一時～　大平昴を尾行』

インターネット上の無数の噂を調べ上げ、本人たちの発言の断片から全体像を推測し、完璧な行動計画を立てる。

それには、様々な技術と根気が必要だった。

推しが何時に小屋入りをして、どういうスケジュールで動き、何時頃に撤収するのか。

関係者入り口はどこか。

千秋楽後に打ち上げはあるのか。

どのような手段で、都内のどこにある自宅へと帰るのか。

出待ちがいいのか。

入《い》り待ちがいいのか。

尾行がいいのか。

それとも、別の場所での待ち伏せがいいのか。

計画段階で見当違いのことをすると、すべてが無駄骨になってしまう。洞察力と推理力、忍耐力、そして実行力が不可欠だった。——それと、多少のお金も。

手帳を閉じようとして、ふと、背後に気配を感じた。

はっとして振り返る。そこには、兄が腕を組んで仁王立ちしていた。

「え、見た？　見てないよね？」

日菜子は慌てて手帳を閉じ、鞄の中に放り込んだ。

大学二年生で、講義にもろくに出ていない兄は、ふらりと消えたかと思えば突然部屋に現れる。まさに神出鬼没だ。おまけに、背が低くてひょろひょろしているせいか、身体が軽くて足音がしない。毎回、まんまと背後に忍び寄られてしまうのだった。

「お前、ホントさぁ」

はーあ、と兄の口から長いため息が漏れる。いつもどおり、ねちねちとした兄の説教が始まった。

「好きなアイドルを追っかけるのはいいけど、待ち伏せとか尾行はやめろよ。そんなことしたら、正真正銘のストーカーだからな」

「優也くんはアイドルじゃないよ。舞台俳優」

「俺の話の要点はそこじゃない」

「大丈夫。心配しないで」

日菜子は椅子の背に手をかけてくるりと後ろを向き、真剣な目で兄を見上げた。

「尾行なんかしないよ。優也くんが出てる舞台をクラスの友達と見に行って、ご飯食べながら軽くお喋《しゃべ》りして帰ってくるだけ。本当にそれだけだから」

「へえ、そっか」

「だからあっち行ってて」

「おかしいな。じゃあ、さっきのは何だったんだろう——『鞠花や沙紀と行きたいのは、山々だけどさぁ』」

「わ、盗み聞き！」

「あの記述も不可解だな——『二十一時〜　大平昴を尾行』」

「やっぱ読んでたんじゃん！」

「スマホにも、その大平昴とやらのツイッタープロフィールが表示されてるし」

兄が机の上に置いてあった日菜子のスマートフォンを指差した。慌てて手を伸ばし、勢いよく裏返す。「おいおい、壊れるぞ」と兄が呆《あき》れたように言った。

「お前、来週定期テストじゃなかったっけ？　勉強してる？」

「……してる」

「毎日ツイッターとインスタグラムとブログとホームページを欠かさずチェックして、ファン同士の交流掲示板を覗いて、延々とイケメンが出てる動画を見て、関連する漫画を読んだりアニメを見たりしてるようにしか見えないけどな」

「え、なんで知ってるの」

「で、土日は、追っかけに邁進《まいしん》するか、資金を貯めるためにまとめてバイトするかのどっちかだろ」

「把握されすぎてて怖い！」

「お前ってさ、ホント小学生の頃から変わってないよな」

兄は力なく首を振り、こめかみに手を当てた。

「お前が小三、俺が小六のときだったかな。俺の友達を好きになっては、昼休みに俺らのクラスがドッジボールしてるのを遊具の陰からこっそり観察したり、ラブレターを下駄箱に入れるかどうか迷って校舎の入り口でうろうろしたりしてた。廊下に貼り出された修学旅行の写真を抜き取ろうとして先生にこっぴどく怒られたこともあったな。ああ、あと、俺の友達が上履きを新しくしたときに、古いのを譲ってほしいって俺に頼み込んできたんだよ。あれはさすがにドン引きだった」

「うーん、そうだっけ」

「しかも、好きになる相手がぽんぽん変わるときた。せっかく会話する機会や一緒に遊ぶ機会を作ってあげようとしてるのに、次の週には別の奴を追っかけてるんだもんな。相手がその気になった瞬間に興味をなくすお前の性格、まじでどうにかしたほうがいいぞ。そんなだから未だに彼氏いない歴イコール年齢なんじゃないか」

「まだ十七年だもん。お兄ちゃんは二十年」

「今までにしてきた恋の数に比べて成就した経験がなさすぎるって言ってるんだ」

「うーん、成就って必要？」

「ああもう、お前は昔から極端すぎるんだよ。片想い専門というか、片想い至上主義というか――毎回、変わり身が早すぎる。『女心は秋の空』って言葉を、俺は小六にしてしみじみ実感したよ」

「早い段階で人生経験を積めてよかったね」

「それをお前が言うな」

「とりあえず、お兄ちゃん、冷蔵庫の中にシュークリームがあるから、それ食べてきなよ。お兄ちゃんが食べないなら、お母さんが二つ食べようかなとか言ってたよ」

「え、まじで」兄の動きがぴたりと止まった。眼鏡の奥の目がキラリと光る。「日菜の高校の近くの美味《おい》しいとこ？」

「うん。帰りに買ってきたんだ。ほら、早く早く」

ひらひらと手を振って急《せ》かすと、兄は「ナイス」と指を鳴らし、すぐさま部屋を出ていった。階段を駆け下りていく音が遠くなっていって、すぐに消える。

兄は、甘いものに目がない。

日菜子はそっと息を吐き出して、机へと向き直った。鞄に放り込んだ手帳を取り出し、もう一度、土日のスケジュールを書き出したページを開く。

須田優也に会うための綿密な計画づくりを、邪魔者が去って元どおりに静かになった共有部屋で、日菜子は鼻歌を歌いながら続行した。

＊

五月十九日土曜日、午前八時。

関係者入り口の周りには、二十名ほどのファンが集まっていた。その隅のほうで、日菜子はじっと待機していた。

今日は朝四時半に起きた。シャワーを浴びて、服を着て、念入りにメイクをして、全身鏡の前でじっくりファッションチェックをしてから、家族が寝静まっている家を出た。電車に三十分ほど揺られて都内に繰り出し、会場近くの美容室でヘアセットをしてもらうこと一時間。ここに到着したのは、つい十五分前のことだ。

入り待ちの場所取りを優先するか、ヘアセットを優先するかというのは、日菜子にとって永遠の命題だった。誰よりもいい場所で推しに会いたいという切実な恋心と、『推しに会うときは完璧な状態でいなくてはならない』という日菜子の信条は、この「朝の入り待ち問題」において毎回ぶつかり合う。美容師並みのクオリティでセルフヘアセットができるようになる、というのが唯一の解決策なのだろうけれど、さすがにそれは無理だ。鏡に映る部分はともかくとして、自分の後頭部を納得のいくように仕上げようとしたら、何時間かかるか分かったものではない。

そういうわけで、列の隅っこという控えめなポジションで、日菜子は一人小さくなっていた。他のファンは、ほとんどが二人組か三人組だ。ぺちゃくちゃと他愛もないお喋りをしている。

日菜子の隣に立っているのは、二十代半ばくらいの女性二人組だった。舞台『白球王子』のグッズである白いバンダナを揃って手首につけているあたり、何度も公演を見に来ている猛者《もさ》なのだろう。

こういう社会人を見ると、心から羨ましくなる。自分の稼いだお金でチケットを取りまくった挙句に「破産」と騒ぎ、そのくせ「全《ぜん》（部）通《つう》（うこと）不可避」と言って地方公演にも必ず遠征し、DVDやグッズが出ると「永遠に楽しめるから実質タダ」と迷いなく購入し、推しが無料コンテンツを出すと「振り込めない詐欺。お布施ができない」とジタバタする。

そんな自由で大人な彼女たちに、日菜子は常々憧れていた。スーパーの試食販売員やクリスマスやバレンタインのケーキ売りといった派遣バイトでちまちまと稼ぐしかない女子高生には到底できない芸当だ。

「今回の舞台、めっちゃクオリティ高いよね。あれ、思い出しちゃった。『青春ゴール』」

革ジャンに白いミニスカートという攻めた服装の女性が喋りだした。その隣にいるデニムジャケットの女性が大きく頷いている。日菜子はぴくりと反応し、目の前の女性二人組の会話に聞き耳を立てた。

「確かに似てるかも。でも、『白球王子』のほうが、『青春ゴール』より話がシリアスなだけあって、感動するよね。『青春ゴール』のジュンジュンも良かったけど、『白球王子』の優也は、なんかもう天才だなって感じ」

「ジュンジュンだって、今回の公演に出てるけどね」

「まあね。でも、悪役だから」

「私は悪役のジュンジュンもけっこう好きだけど」

「そう？　私はやっぱ優也派だなあ」

デニムジャケットの女性の言葉に、日菜子はうんうんと何度も頷いた。

『青春ゴール』というのは、去年の十月までやっていた、サッカー漫画が原作の二・五次元舞台だ。その舞台で主演を務めていたのが、現在二十二歳のジュンジュンこと一ノ宮潤《いちのみやじゅん》。今回の『白球王子』にも出演していて、元エース・銀杏拓哉《いちょうたくや》を演じている。須田優也演じる主人公の紅葉裕太《もみじゆうた》に何かと食ってかかる悪役だけれど、それはそれで、一部の熱狂的ファンからの支持を受けていた。

――そういえば、一ノ宮潤くんの写真を部屋中に貼ってたこともあったなあ。

そんなことを思い出した。でも、もう何か月も前の話だ。過去のことは過去のこと。今の日菜子は、須田優也の魅力にどっぷり浸かっている。

突如、周りのファンたちがどよめいた。

日菜子はぴんと背筋を伸ばし、駐車場に入ってきた黒い車を凝視した。

少し離れたところに停車した車から出てきたのは、背の高い男性と、小柄な男性だった。草野京太郎と、須田優也。同じ事務所の二人だ。

「優也くん！」

日菜子は懸命に叫びながら、スマートフォンを掲げた。右手の親指でシャッターを押し続けながら、空いている左手で目の前を通過していく須田優也に向かって手を振る。

「優也くん！　こっち向いて、優也くん！」

推しの名を呼び捨てにしないのは、日菜子なりの誠意というか、モットーだ。

草野京太郎と須田優也は、ファンに対して軽く手を振りながら通り過ぎていった。互いに何やら楽しそうに会話をしては、笑顔を見せている。普段はクールにしている須田優也が見せた屈託のない笑顔に、日菜子は胸を射貫かれた。

――ああ、やばい。

スマートフォンを持つ手が震え、彼の名前を呼ぶ声はかすれた。推しが近くにいるだけで、緊張して全身が熱くなってくる。

草野と優也の姿が見えなくなった後も、日菜子は呆然《ぼうぜん》とその場に突っ立っていた。レスも認知ももらえなかったけれど、姿を間近で見られただけで、今にも天に召されそうな心地になる。

直後、また一部のファンが騒ぎ始めた。他の俳優が次々と到着しているようだった。

基本的に、日菜子は須田優也以外の俳優に興味はない。ただ、同じ一年生部員役の赤《あか》羽創《ばねはじめ》が目の前を通ったときは、ほんの少し胸がときめいた。脇役ではあるけれど、やっぱり、一年生役の俳優は小柄で可愛い外見の男子が多い。赤羽創もそのうちの一人だった。

ファンたちの歓声が落ち着いた頃、日菜子はショルダーバッグから手帳を取り出し、今日の詳細スケジュールのページを開いた。

「次は、グッズ販売の開始時間まで待機、っと」

メモの内容を読み上げ、踵《きびす》を返して最寄り駅の方向へと向かう。

待機場所は決めてあった。駅に戻る途中の路地をちょっと入ったところにある、ベーカリーカフェ。五日前に須田優也がツイッターに上げていた、美味しそうな焼き立てメロンパンを売っている店だ。グルメサイトで会場周辺のパン屋さん情報をしらみつぶしに調べていった結果、ここだと確信したのだった。

夜公演しかなかった五日前の月曜ならともかく、今日は昼公演もあるのだから、出演俳優陣が外に昼食を食べに出る可能性はとてつもなく低い。だけど、どうせ待機するなら、少しでも可能性のある場所で待ち伏せしたかった。推しと同じものを味わえるというのもまた一興だ。

彼と同じ席に座って、彼の見ていた景色を前にすれば、きっと妄想も捗ることだろう。

メロンパンを美味しそうにほおばる推しの姿を脳内に思い描きながら、日菜子は目的のベーカリーカフェへと急いだ。

『白球王子』は、甲子園を目指す高校生の一年間の奮闘を描いた野球漫画だった。

ピッチャーとして中学校の全国大会を制覇した主人公の紅葉裕太（須田優也）が、鳴り物入りで高校の野球部に入部するところから話は始まる。部長の桜雅之《まさゆき》（草野京太郎）は紅葉に肩入れするが、紅葉にエースの座を奪われた三年生の銀杏拓哉（一ノ宮潤）にとっては面白くなく、トラブルは絶えない。そんな中で、彼らはなんとか甲子園出場に漕ぎつける。

部員は一丸となって優勝を目指す。しかし、負けたら引退という試合が続いているにもかかわらずろくにマウンドに立たせてもらえない銀杏がとうとう業を煮やし、一年生エースの紅葉にナイフで怪我《けが》をさせようと企《たくら》む。襲われた紅葉は凶器を奪って反撃しようとするが、タイミング悪く止めに入った桜部長の脇腹にナイフが刺さってしまい――。

青春スポーツ漫画にしては、なかなかシリアスな展開だ。漫画を読んで泣き、アニメを見て泣き、ＤＶＤを見て泣き、そして今日は観劇して泣くだろう。紅葉裕太が桜部長に怪我をさせるシーンなど、想像しただけで目が潤む。

午後五時の開場とともに、日菜子は会場入りした。最前列の指定席へと進み、胸を高鳴らせながら腰を下ろす。

先ほどまで居座っていたベーカリーカフェでの待ち伏せは、やはり空振りに終わった。

だけど——ここからが、今日の大一番だ。

開演までの時間を、日菜子は左後方を気にしながら過ごした。スズランテープで仕切られているだけの関係者席がそこにある。今日の終演後の計画が成功するかどうかは、まずはここに目的の人物が現れるかどうかにかかっていた。

関係者席に人が座るたびに、手元のスマートフォンに表示した顔写真と見比べていく。一時間の猶予が残されていたのが、三十分になり、十五分になった。目的の人物らしき男性はなかなか姿を現さなかった。

——絶対、来るはず。

日菜子は片手でスカートをぎゅっとつかみ、祈りながら待った。

あと五分で開演という時間になり、だんだん不安になってきた頃、その人物はようやく姿を現した。

「よかった……」

大平昴の明るい茶髪と日に焼けた肌を確認した瞬間、日菜子は思わず声に出して呟いた。

やはり、須田優也が大平昴に向けて発信していた『合流するの楽しみにしてる！』という言葉は、観劇終了後の集まりに演者側が遅れて参加することを指していたようだ。

それを証拠に、大平昴が座った席の周りには、彼の知り合いらしき役者が二人座っていた。楽しげに言葉を交わしている彼らを横目に、日菜子は満足感に浸りながらステージのほうへと向き直った。

まもなく、会場が暗くなり、音楽が流れ始めた。

幕が開き、左手にグローブをはめた須田優也が姿を現した瞬間から、日菜子は舞台の世界に引き込まれていった。

入部。練習。日差し。汗。

称える声。不満の声。擁護する声。非難する声。

野球の練習や試合を通して、須田優也演じる主人公の感情がひしひしと伝わってくる。後半に入って間もなく、悪役の一ノ宮潤に対して反撃しようとした須田優也が、止めに入った部長役の草野京太郎を誤って刺してしまうシーンがやってきた。ステージに転がった草野に須田優也が泣きながらすがりつく演技を見て、日菜子も号泣した。メイクが落ちないように目元に当てたハンカチを外すことができないまま、『白球王子』の舞台はエンディングへと向かっていった。

カーテンコールでは、手が痛くなるほど拍手を続けた。最後に出てきた須田優也が、主人公を支え続けた部長役の草野京太郎と楽しそうにハイタッチをしたときは、感動のあまりよろけそうになった。出演者たちが一人ずつ舞台袖へと捌《は》けていった後、会場の照明が点《つ》いた。同時に、日菜子はぱっと後ろを振り向いた。

周りの観客が帰る準備を始めるなか、気を緩めずに関係者席の様子を窺《うかが》う。タイミングを見計らって、日菜子は退場の列へと急いだ。ちょうど移動し始めていた大平昴一行の後ろにつける。「どこの店行く？」「どうしよう」という会話が、前方から聞こえてきた。

——完っ璧！

笑みがこぼれそうになり、日菜子は慌てて両手で顔を隠した。上手《うま》くいったという実感があった。兄に怒られながらも計画を完成させた甲斐《かい》があったというものだ。

——あとは、優也くんの『合流』を待つだけ。

そっと右手を顔から外し、こぶしを作って小さくガッツポーズをした。これこそが単騎参戦の醍醐味だ。もっとも楽しみにしていた瞬間まで、あともう少しの辛抱だった。


午後九時四十分。

大きなサングラスをかけて真っ赤な口紅を塗った日菜子は、お洒落《しゃれ》な居酒屋の店内でちびちびとオレンジジュースを飲んでいた。年齢確認をされないように変装グッズを持ってきたのは正解だった。案内される前にカツカツと歩いていって席に座ってしまった日菜子のことを、兄と同じくらいの歳に見える店員がしばらくのあいだ不思議そうな目で見つめていたけれど、すぐにドリンクメニューを持ってきてくれた。なんとか怪しまれずに済んだらしい。

カラン、と音がして、入り口のガラス戸が開いた。

日菜子はそっと顔を上げ、横目で入り口の様子を窺った。はっと息を呑み、慌てて口元を押さえる。

そこには、たいそう豪華なメンバーが顔を揃えていた。

元エース・銀杏拓哉役の、一ノ宮潤。

一年生部員・朝顔陽介《あさがおようすけ》役の、赤羽創。

部長・桜雅之役の、草野京太郎。

そして――主人公・紅葉裕太役の、須田優也。

それぞれマスクをしたり眼鏡をかけたりと多少の変装はしていたものの、さっきまで舞台を見ていた日菜子にとって判別の障害になるものではなかった。彼ら四人はこちらに近づいてきて、日菜子が陣取っている席の隣のテーブルへと合流した。既に一時間半飲んでいてできあがっている大平昴ら三名に四人が加わり、七名での宴会が始まった。

日菜子は感激に浸りながら、舞台メイクを落として素の状態になった須田優也の姿をじっと見つめた。サングラスには、視線をうやむやにするという機能もある。すぐそばにいる推しを横目で凝視していても、顔の向きさえ気をつけていれば、ほぼバレることはないのだった。

「草野さんまで来てくれたんですか。ホント、お疲れ様です」

大平昴ら三名がペコペコと頭を下げる。やはり、人気俳優の草野京太郎はこの中でも別格らしい。それなのに個室でもない居酒屋で飲んでいて大丈夫なのだろうかと気になるけれど、彼らと日菜子以外に三組いる客は全員男女のカップルで、それぞれの話に夢中の様子だった。ここまで追いかけてきたファンは、さすがに日菜子しかいないようだ。

草野京太郎と一ノ宮潤は生ビールを頼み、須田優也と赤羽創はウーロン茶を注文した。

「あれ、赤羽はまだ未成年か」

「そうです」

「須田はもう二十歳《はたち》じゃなかったっけ」

草野が首を傾《かし》げると、優也は「そうなんですけど、明日も公演なんで」と控えめな声で言った。「偉いなあ。草野さんと俺は飲んでるのに」と一ノ宮が優也の背中を叩く。

——あっ、忘れてた。

須田優也の肉声を聞いて、日菜子は慌ててテーブルの上のレコーダーへと手を伸ばした。録音ボタンを押し、彼らからは見えないように上手くメニューをかぶせて隠す。

去年の誕生日に、両親に買ってもらった高性能のレコーダーだった。雑音が多い場所でも、聞き取りたい音の方向に先端を向けておけば、きちんと目的の音だけを拾ってくれる優れものだ。「英語の授業でネイティブの先生が来たときに録音したいから」

という理由で買ってもらったのだけれど、兄は「絶対違うって。非合法な使い方をするやつだって！」と最後まで強硬に反対していた。

まったく失礼な話だ。優也くんの声を録音してどこかに載せたり売ったりするわけではなく、個人での鑑賞用にするだけなのだから、法律違反にはならないだろう。

――まあ、たぶん、グレーゾーンだけど。

七名で乾杯をしてから、彼らは和気藹々《あいあい》と談笑し始めた。

「今回の舞台って、いつ頃から草野さんの出演が決まってたんですか？　キャスト発表されたとき、けっこうびっくりしましたよ」

大平昴が問いかける。草野は「去年の十一月くらいかな」と天井を見上げながら言った。

「好きな漫画だったから、すぐにOKを出したんだ。小松原《こまつばら》さんから直接打診が来てさ。勝手に承諾しちゃったから、マネージャーには後で怒られたけどね」

「へえ！　確かに、草野さんって、小松原さんと仲良いですもんね」

小松原というのは、おそらく演出家のことだろう。こういう裏話が聞けるのも、追っかけ行為の旨味の一つだ。

「にしても、今回のキャスト発表、ずいぶんと延期されましたよね」

赤羽創がウーロン茶のグラスを持ち上げながら言った。

「公演が三月からなのに、発表が年明けになってからで、チケット販売開始がその一週間後からって。びっくりしましたよ。何があったんですかね」

「ギリギリだったもんね」優也が同意して、腕を組んだ。「稽古も、結局本格的に始まったのは一月中旬からだったし、大変だったなあ」

「それ、俺が無理言ったからかも」

赤羽と優也の会話を聞いた草野が、ぼそりと呟いた。「え、そうなんですか？」と一ノ宮が問いかけると、「ちょっと、いろいろとね」と草野は意味ありげな口調で言った。「条件で揉《も》めたりしたんすか」と一ノ宮がさらに尋ねたが、草野は笑うだけで、答えようとはしなかった。

「そういや、君たちにはいつ依頼があったの？　小松原さんがどのタイミングで俺に声かけたのか、いまいちよく分かってないんだよね。あの時点で、構想もキャストもだいぶ固まってたのかな？」

「俺は――」一ノ宮が顎《あご》に手を当てる。「十二月の頭くらいですかね」

「僕は本当にギリギリで、年末くらいでした」

優也がそう言うと、「俺もそれくらいですかね」と赤羽が頷いた。

「ってことは、桜部長役の俺を押さえてから、他を決めていったんだな。小松原さんも、有能な人だけど、スケジュール立ては下手だな」草野が大口を開けて笑う。「ま、あの人の演出能力は心から信頼してるけどな」

「すごい人っすよね。小松原さんと仕事するのは初めてなんで、俺、嬉しくって」

一ノ宮の言葉に、「初めて？　まじで？」と草野が反応した。

「はい。須田と赤羽もだよな？」

そうです、と優也と赤羽がそれぞれ頷くと、草野が「意外だなあ。みんな今回が初めてなんだ」と椅子の背にもたれかかった。

「小松原さんは、最高の演出家だよ。能力も、人格も。俺、あの人には一生ついていこうと思ってる」

「本当にいい人ですよね。今回誘ってもらうまでは雲の上の人だとばかり思ってたんですけど、俺みたいな新人にも何かと優しくしてくれて」

赤羽が嬉しそうに言った。

「俺、見に行きたかった舞台のチケットを小松原さんからもらったんですよ。一ノ宮さんの主演舞台を見に行きたいけど金がないってぼやいてたら、まさかのまさか、コネ使って用意してくれて」

「俺の主演舞台？　というと」

「『青春ゴール』です」

「あれ？　ホントに？」一ノ宮が腕を組み、首を傾げた。

「めちゃくちゃかっこよかったです。俺、あの舞台を見て、一ノ宮さんに惚《ほ》れちゃって。なんてまっすぐな演技をする役者なんだろう、って。試合のシーンとか、本物のゲームを見てるみたいで、心から見習いたいと思いました」

「そっか。赤羽が見に来てくれたなんて知らなかったな。そんなに褒められると照れるぜ」

　少し顔が赤くなってきた一ノ宮が、美味しそうに生ビールを一口飲み、「ありがとな」と恥ずかしそうに言った。「でも――」ともごもごと口の中で何かを呟いてから、「まあいいや」と顔を上げる。

「ちょっと俺トイレ行ってくるわ」

　一ノ宮がそのまま立ち上がり、日菜子のすぐそばをすり抜けて店の奥へと歩いていった。ふわりと微香がした。いい匂いの香水だ。一ノ宮を追いかけていた頃の日菜子だったら、この場で卒倒していたかもしれない。

「そういや須田、小松原さんとキャンプ行ったとか言ってなかったっけ」

大平昴が優也に問いかけた。「ああ、そうだよ」と優也が頷く。

「小松原さんも僕も、趣味がアウトドア系でさ。だから、キャンプ用品や釣り具のことで話が合って」

――そうなんだ！

日菜子はサングラスの下で目をきらめかせた。一見インドア派に見える須田優也の趣味が、キャンプや釣り。そんな情報は、ネット上のどこにも落ちていない。

「ちょうど昨日も、いろいろ情報交換してたんだ。小松原さん愛用のキャンピングカーとか、冬でも絶対に寒くないシュラフとか」

優也はスマートフォンを取り出し、写真を見せながら説明した。男子たるもの皆ある程度は興味があるのか、「この車いいな」「ダウンの寝袋か、そりゃあったかいだろうな」などとコメントしている。

「あと、おすすめのアウトドアナイフも教えてもらったよ。この間の休みに買いに行ったんだけど、いざ手に入れたらテンションが上がっちゃって。それからずっと鞄の中に入れっぱなし」

「ナイフ持ち歩いてんの？　危ねえ奴だな」草野が冗談めいた口調で言った。「アウトドアナイフって、何に使うんだ？」

「木を切ったり、加工したり、あとは食材を捌《さば》いたり——何にでも使えますよ」

へへ、と須田が恥ずかしそうに笑い、その表情が日菜子の胸を打った。

一ノ宮潤が戻ってきて、「何の話？」と会話に混ざった。入れ違いに、「俺もトイレ」と赤羽創が立ち上がり、テーブルから離れていった。

「須田の趣味がキャンプ？　専用のナイフも買った？　何それ、イメージと全然違うんだけど」

帰ってきた一ノ宮が、話の経緯を聞いて驚いた顔をした。

「アウトドアナイフって、折りたたみ式のやつ？」

「ああ、それはフォールディングナイフですね。確かにそれが持ち歩きやすいし一般的なんですけど、僕が買ったのは違うんです。シースナイフって言って、刃の部分を専用の鞘《さや》に入れて持ち運ぶタイプで」

「へえ、かっこよ。見せてよ」

一ノ宮に言われ、優也は椅子の背にかけていたリュックを取って膝の上に置き、その外ポケットから黒い鞘に入ったアウトドアナイフを取り出した。刃をちらっとだけ見せて、すぐに中にしまい込む。「こんなところで出したら不審者扱いされますから。人に見せるのも初めてなんですよ」と弁解する優也は、日菜子の目から見ても可愛らしかった。

トイレから赤羽が戻ってきてからは、もっぱら明日に控えている千秋楽の話題になった。「千秋楽だけカーテンコールの台詞が違うから、間違えないようにしなきゃ」と一ノ宮がぼやくと、赤羽が「いいなあ。脇役だから、どちらにしろカーテンコールは台詞がないや」と肩を落とす。「ま、下積み期間も後から考えればいい思い出さ」と、そんな赤羽に対してベテランの草野が声をかけた。

ひとしきり盛り上がった後、午後十一時になる前に、彼らの短い宴会はお開きになった。「明日も頑張ろうな」「おう！」という頼もしい声とともに、俳優陣がぞろぞろと店を出ていく。

日菜子もテーブルの上のレコーダーを回収し、ショルダーバッグに入れた。オレンジジュース一杯分の会計を済ませ、急いで店を出る。遠くに須田優也らの背中を見つけ、追いかけようと早足で歩きだした直後、バッグの中でスマートフォンが鳴っているのに気がついた。

バッグを開け、スマートフォンを取り出す。画面に表示されていたのは『お兄ちゃん』という気の抜けた五文字だった。

「もしもし？」

スマートフォンを耳に当てるやいなや、「今どこ？」という兄の尖《とが》った声が耳に飛び込んできた。

「ええっと……これから電車」

「これからぁ？　お前、本気で補導されるぞ」

兄が長いため息をついたのが、電話越しにも分かった。

「日菜の帰りが遅そうだから駅まで迎えに行ってくれって、お母さんに言われちゃってさ。だから着く時間が分かったら教えること。十一時半くらい？」

「え。それは、その」

「……まさか、須田優也とやらのストーカーをしてるんじゃないだろうな」

「し、してないよ！」

「だったら早く帰ってきてくれ。俺はもう眠たいんだ。あー、早く寝たい。死ぬほど眠い。布団が俺を呼んでる」

そんなことを言いつつ、毎回きちんと最寄り駅まで妹を迎えに来てくれる兄は、心根の優しい人間なのだと思う。たぶん、だけど。

「しょうがないなぁ。帰ることにするよ。明日もあるしね」

「あ、お前やっぱり終電まで粘るつもりだっただろ」

「そんなこと言ってないよぉ」

兄との電話を切り、駅へと向かった。須田優也の姿も、他の俳優たちの姿も、もうどこにも見えなくなっていた。

＊

翌朝も、朝四時半に起きた。

もぞもぞとベッドから起き出し、大きく伸びをして、パジャマを脱ぎ始める。今日の服は、暗い会場の中でもきちんと舞台から見えるように、白を基調としたコーディネートだ。真っ白なワンピースを頭からかぶり、デニムのブルゾンを羽織ってから、部屋の真ん中にあるアコーディオンカーテンを勢いよく開ける。

部屋の反対側にあるベッドでは、兄がすうすうと寝息を立てていた。片脚が布団から突き出していて、両腕は万歳をするような形で頭上に投げ出されている。

その兄のすぐ横の壁から、十数人もの須田優也がにっこりとこちらに向かって微笑《ほほえ》みかけていた。

部屋中の須田優也に見守られながら、セミロングの髪を梳《と》かし、鏡を取り出してきてメイクを始めた。昨日は大人っぽい緑色のアイシャドウを使ってみたけれど、今日は居酒屋に潜入する必要もなさそうだから、可愛らしいピンク系の色にしてみる。瞼《まぶた》には入念にラメをのせ、睫毛《まつげ》も丁寧にカーラーで巻いた。チークも、昨日みたいに大人っぽく横長に伸ばすのではなく、頬骨の上に丸くのせてみる。

あらかた準備が終わったのは、午前六時を過ぎる頃だった。椅子の背にかけてあったショルダーバッグをつかんで急いで部屋を出ようとすると、「朝からうるさいなあ」と部屋の反対側から眠そうな声がかかった。兄がベッドの上に起き上がって、眼鏡をかけているところだった。

「あ、ねえねえお兄ちゃん」

「何？」

「今日の服、どうかな？　優也くんに気に入ってもらえると思う？」

眠そうに目をこすっていた兄が、「ん？」と顔を上げる。そして、はっとした表情のまま、数秒間硬直した。

「どうしたの？　どこか変？」

「あ、いや」兄が歯切れの悪い返答をして、そっぽを向く。「お前さ、いつもそれくらい化粧とか服に気を使えば――なんていうか、いい感じなのにな」

「いい感じって？」

「女子としての平均値を、わりと、というか、けっこう、まあ、超えているだろう……いや、超えているのかもしれない……ってこと」

「えー、そう？　優也くんが目を留めてくれたらいいなぁ」

素直にはしゃぐと、お決まりの長いため息が返ってきた。

「どうしてお前は、自分の好きなアイドルに会いに行くときしかお洒落をしないんだ」

「アイドルじゃないよ。舞台俳優」

「どっちでもいいよ」

「化粧なんて、いつもいつもできないもん。きちんとやるのは、特別な日だけ」

はいはい、と兄はやけっぱちな返事をして、ごろりとベッドに寝転がってしまった。やっぱり、まだ眠いらしい。

「じゃ、行ってくるね！」

日菜子は兄の十倍くらい元気な声を出し、軽い足取りで部屋を出た。

午前七時からヘアセット。午前八時直前に、関係者入り口到着。十五分ほど待って、入り待ちをしているファンとともに須田優也のお見送り。

　事は昨日とまったく同じスケジュールで進んだ。そして、開場時刻ぴったりに、日菜子は再び、舞台『白球王子』の公演会場へと足を踏み入れた。

　今日の席は、最前列ど真ん中だった。少し左側に寄っていた昨日よりもいい席だ。昨日は終演後の尾行のことで頭がいっぱいだったけれど、今日はもう少し集中して観劇に臨むことにする。開演までの一時間は、昨日の公演を振り返る時間に充《あ》てた。

　午後六時――ゆっくりと会場の照明が落とされ、ステージの幕がするすると開いた。

　須田優也が、野球帽をかぶり、真っ白なユニフォームを身に着けて、ステージの上へと走り出てくる。舞台は、須田優也の投球練習のシーンから始まった。見えないボールを真剣な目をして投げ続ける優也は、昨夜居酒屋ではにかみながら趣味の話をしていた二十歳の男性とはまったく違って見えた。日菜子の目に映っているのは、間違いなく、鳴り物入りで高校野球部に入ってきたばかりの十五歳の少年だった。

「この野球部を、乗っ取る覚悟でやれ」

　三年生の部長が一年生の主人公に告げる。漫画原作の名台詞は、舞台でも健在だった。草野京太郎は、時に温かく、時に厳しい目をしながら、まだ幼いところもある主人公を様々な場面で支えていく。

その絆《きずな》に割って入ろうとするのが、一ノ宮潤だ。今までは俺が絶対的なエースだったのに、という悔しさ。チームが勝ち上がるために顧問が一年生をマウンドに立たせる決断をしたときの、誰にもぶつけられない想い。一見、主人公を苛《いじ》め抜く悪役のように描かれているが、元エースのやりきれない気持ちは、観客にも痛いほど伝わってくる。

先輩たちからのプレッシャーを受け止めて頑張りすぎる須田優也を、赤羽創ら他の一年生が癒す。ストーリー自体はシリアスだけれど、観客を笑わせるような台詞も、こういう脇役のキャラクターがしっかりと言ってくれる。

そして、また、あの感涙必至のシーンがやってきた。

「俺の三年間をどうしてくれるんだよ！」

一ノ宮潤が、観客が震えあがるほどの剣幕で吠《ほ》え、優也に躍りかかる。一ノ宮潤の手には、ナイフが握られている。優也は必死で一ノ宮の攻撃を避けながら、右腕をかばい、左手でナイフを叩き落とそうとする。

揉み合っている二人が、一瞬、舞台袖へと消える。

直後、一ノ宮がステージに飛び出してきた。それを追うように、ナイフを手にした優也が現れる。

「俺の野球人生だってまだ終わりじゃない！」

渾身《こんしん》の力で叫び、頭に血が上った優也がナイフを振り下ろそうとする。

「やめろ！」

ステージの反対側から全速力で駆けてきた草野京太郎が、優也と一ノ宮の間に割って入った。しかし、ナイフを持つ優也の右腕は止まらなかった。ナイフはそのままの勢いで、ずっぽりと、草野の脇腹に突き刺さった。

草野が絶叫し、大きな音を立てて倒れた。昨日よりも、迫力が増していた。

優也がはっと我に返り、草野に駆け寄る。

──部長！　部長！

日菜子の脳内で、先に台詞が再生される。昨日のシーンと、微妙に間合いが違う今日のシーンが重なり合う。

優也が倒れた部長にすがりついて後悔の言葉を叫び続けるという、昨日日菜子の涙腺が決壊したシーンまで、あと少し──の、はずだった。

優也はそれ以上叫ばなかった。床に倒れ伏した草野を呆然と見下ろし、「えっ」と小さく声を漏らす。そして、彼は、手元に残ったナイフへと視線を落とした。

その刃先には、べったりと、赤い液体がついていた。

ステージの上では、草野京太郎が、腹を押さえてもがき苦しんでいた。白いユニフォームが、みるみるうちに真っ赤に染まっていく。

ようやく――観客席から、悲鳴が上がった。

＊

アコーディオンカーテンが開く音がして、目が覚めた。

普段だったら嫌がらせかと疑うほど勢いよく開くのに、今日はずいぶんと控えめだ。少々心配になり、翔平は身体をぐるりと反転させて部屋の内側を向いた。

高校の制服を着た妹は、勉強机のほうへと戻っていって、力なく椅子に腰かけた。今日は化粧もおめかしもしていない。昔から見慣れている、いつもの妹だ。

このほうが安心するな、と翔平はひそかに考えた。日菜子がお洒落をすると、なんだかこちらがそわそわしてしまう。

枕元のスマートフォンを引き寄せて、時刻を確認した。午前六時半。日菜子が登校するため家を出るのは七時半頃だから、まだずいぶんと時間が早い。もしかすると、昨夜は眠れなかったのかもしれない。

人気俳優・草野京太郎が、舞台の公演中にナイフで刺されて殺された——というニュースは、昨夜の報道番組で繰り返し流れていた。ナイフを奪い合って揉み合うシーンで、刃が引っ込む仕掛けになっている舞台用小道具ではなく、本物のナイフが使われたのだという。警察の調べの結果、そのナイフは、草野を刺した若手俳優・須田優也の所有物であるアウトドアナイフと判明した。本物の刃物を舞台に持ち込んで草野を殺害した疑いで、須田は警察で任意の事情聴取を受けている。

報道を聞いているだけでも、とんでもない事件だった。現場を目撃することになってしまった観客の心労は計り知れない。

いわんや、日菜子の心労をや。

殺人を犯したのは、この部屋中に写真が貼られている、日菜子の大好きな舞台俳優だった。

「元気出せよ」

話しかけると、日菜子は「違うの」と小さな声で呟いた。

「違う？　何が」

「優也くんは、草野さんを殺してなんかない」

「何言ってんだよ。お前、まさにその瞬間を目撃したんだろ？」

「あれは、真剣に演技をしてただけ。確かに優也くんは草野さんを刺しちゃったけど、殺そうとなんて思ってなかったはず。優也くんは、あのとき自分が持ってたのが本物のナイフだって、分かってなかったんだよ」

「それは……頭がおかしくなってたってこと？」

「違うってば！　優也くんは、真犯人に濡れ衣《ぎぬ》を着せられたの。誰にも気づかれないようにナイフをすり替えた犯人が、他にいるんだよ」

日菜子は真剣な目でこちらを見つめてきた。

ふと、妹の左手にレコーダーが握られていて、差し込まれたイヤホンが彼女の耳と繋がっていることに気がついた。

「ん？　待てよ」

翔平は布団を剝いで身を起こした。

「お前——まさか、何か気づいてるのか？」

そう尋ねると、妹はこくりと頷き、意味ありげにレコーダーを持ち上げてみせた。

土曜日の夜公演の後に、須田優也が参加する予定の飲み会の場所を突き止め、その隣のテーブル席に陣取ってすべての会話を録音した。翔平から電話がかかってくるまでは、ずっと須田優也のことを観察していた――という妹の話を、翔平は頭を抱えながら聞いた。

「それを、世間で何て言うか知ってるか？　そういうのを、スト――」

「ねえお兄ちゃん、この録音した音声をさ、警察に提出したらどうなると思う？」

「真犯人より前にまずお前が捕まるな」

「だよねぇ」

「決定的な証拠が録《と》れたのか？　例えば、真犯人が殺害計画のことを喋ってるとか、須田優也には実はアリバイがあったとか」

うーん、と日菜子は腕を組んだ。

「そこまでじゃないかな。ちょっとまだ弱いかも。犯人が誰かっていうのは当たりがついてるんだけど」

「当たりがついてるって？」翔平は思わず素っ頓狂な声を上げた。「どうしてそんなことがお前に分かるんだ」

「昨日の会話を何度も聞き返してみて……なんとなく」

「いやいや、なんとなくじゃダメだろ。その録音が確実に証拠になるなら提出する術《すべ》を考えてもいいけど、無駄に妹が逮捕されることになるのは追掛家の一員として困る。

お父さんもお母さんも悲しむぞ」

「だよねぇ」

日菜子は正座をして腕を組んだままの体勢で、しばらく考え込んだ。

「証拠がないなら、手に入れるしかないよね」

「え？」

日菜子が勉強机の上にあるノートパソコンをぱっと開いた。危ない気配を感じ、翔平も日菜子のそばへと駆けつける。

「手に入れるって、何をするつもりだ」

「ちょっと鎌をかけてみようかなって」

「鎌をかける？　誰に」

「真犯人」

「はあ？」

日菜子の意図を理解できずに翔平が慌てふためいているうちに、パソコンが立ち上がり、日菜子がツイッターを起動させた。

手慣れた動作で検索をかけ、あるアカウントを呼び出す。プロフィール写真やフォロワー数を見る限り、俳優のアカウントのようだった。須田優也でも草野京太郎でもない、別の人物だ。

「この俳優が……真犯人？」

「たぶんね」

日菜子がさらにその俳優のフォロー一覧を開いた。さすがに俳優だからフォロワー数は多いが、俳優自身がフォローしている人数は百人程度だった。昔からの友人や仕事仲間しかフォローしていないのだろう。

その一人一人のプロフィールを、日菜子は入念に確認していった。

「よし、この人に決めた」

そう言って日菜子が選び出したのは、海でサーフィンをやっている姿をアイコン画像に設定してあるアカウントだった。名前は『にしむー』となっている。また、プロフィール欄には、出身高校名が書いてあった。

「この俳優の――知り合い？　高校の同級生とかかな」

「たぶん！」

日菜子は手慣れた様子でマウスを操作し、サーフィンをしている『にしむー』の写真を保存した。さらにプロフィール欄の紹介文をコピーし、画面を睨《にら》みながらぶつぶつとアカウント名を暗唱する。

「日菜、お前何する気だ？　法に触れることじゃないよな？」

「ん、大丈夫大丈夫。無問題《モーマンタイ》！」

　妹がインターネットブラウザを立ち上げ、何やら検索を始めた。日菜子が開いたのは、ツイッターアカウントの新規作成ページだった。

　日菜子は次々とアカウント情報を入力し始めた。表示名は『にしむー』、アカウント名はオリジナルと酷似した文字列。プロフィールの紹介文はコピーしたものを丸ごと貼り付け、最後に『新しく作り直しました』という一文を付け加えた。さらに、アイコン画像には、先ほどダウンロードしたサーフィンの写真を設定する。

　さっきまで見ていたものと、そっくりのアカウントができあがった。

　設定を保存した日菜子は、さっそく例の俳優をフォローした。そして、『ログインできなくなったからアカウント作り直したわ。フォロバよろしく』という文章を書き、リプライを送信した。

「ツイッター、たぶん見てると思うんだよね。真犯人だったら、巷の噂とか世間の反応が気になるだろうし。どうかフォローが返ってきますように！」

　日菜子が胸の前で両手の指を組み合わせる。

「お前、まさか……」

希望を託すような目でPCの画面を見つめている妹に、翔平は、恐れと驚きの入り混じった目を向けた。

相手がツイッター上で日菜子が作成した偽アカウントをフォローし返すと、他のユーザーには非公開のダイレクトメッセージがやりとりできるようになる。つまり日菜子は、高校の同級生を装って、真犯人から直接情報を引き出そうとしているのだ。

——末恐ろしい。

「ツイッターは私の庭だよ。毎日タイムラインを巡回警備してるからねぇ」

日菜子が口に手を当てて、ふわあ、と大きくあくびした。

「よし、朝ごはん食べてくる！」

日菜子はPCをぱたんと閉じ、学生鞄を肩にかけて部屋を飛び出した。バタバタと階段を駆け下りていく音がして、翔平は部屋に一人になった。

妹と一緒にいると——心臓が、いくつあっても足りない。


『やった！　フォロバ来た！　よかったぁ』

妹からメッセージが届いたのは、今日も大学の講義をサボっている翔平が母とともに昼ごはんを食べ、昼寝をしに部屋へと戻ったときだった。

『さっそく、やりとりを始めてまーす』

昨日草野京太郎の殺害に成功したばかりかもしれない舞台俳優と、一般人にすぎない妹が、ダイレクトメッセージで直接やりとりをしている。

そう考えると、なんだか不思議な気分だった。

しかも――日菜子にとっては、おそらく五時間目の授業中に。

「見つかってスマホ取り上げられたらどうするつもりだよ」

翔平は画面を見ながら呟き、『経過報告よろしく』とだけ返信をした。

せっかく昼寝をしようとしていたのに、妹の返事がないものだから、なかなか寝つくことができなかった。そわそわしながらスマートフォンをいじっていると、ようやく、妹から画像が何枚か送られてきた。例の俳優とのメッセージのやりとりのスクリーンショットだった。

二人の会話は、日菜子演じる『にしむー』の発言から始まっていた。

『草野京太郎の事件、やべーな。同じ舞台出てたんだろ。大丈夫か？』――と日菜子。

過去のツイートを研究したのか、口調まで似せているようだ。

『心配ありがと。共演者同士があんなことになるなんて、驚いたわ』

意外とまともなメッセージが返ってきている。どうやら日菜子のもくろみは上手くいっているようだ。

翔平は思わず身震いした。もし自分がSNSで同じことをやられたら、この偽装を見破れる自信はない。

『刺された瞬間、見た?』

『いや、よく見てない。何が起きたのか分からないうちに、全員楽屋に戻るよう指示されたからさ』

『そっか。でも、けっこうショックだろ。あんな事件が起きて』

『まあな。ずっと一緒に稽古してたわけだし』

『あ、でもお前、草野京太郎のこと嫌いなんだったな』

『え、なんで? 話したことあったっけ?』

明らかに動揺している相手の俳優に対して、日菜子は『そんな噂をちらっと聞いてさ』と飄々《ひょうひょう》とメッセージを返している。図太い奴だ。

鎌をかけるというのは、このことを指していたらしい。しかし、日菜子は何を根拠にこうした揺さぶりをかけているのだろうか。翔平には、妹の思考回路がさっぱり理解できなかった。

『草野京太郎を殺した犯人、何て名前だっけ』

『須田優也』

『ああ、それだ。名前、聞いたことなかったな。無名の俳優？』

『今までは無名だったけど、今回の舞台で主演に抜擢《ばってき》されてブレイクした感じかな』

『主演か。ってことは、お前より芸歴長いの？』

『いや。今回がデビュー二作品目らしいから、俺より短い』

『それなのに主演なんだ』

『ま、いろいろな力が働くからな』

『事務所とか？』

『そんな感じ』

面倒な世界だなあ、という印象を抱く。

──仮にイケメンに生まれ変わっても、芸能界には入らないことにしよう。

俳優の返答を眺めながら、翔平はそう心に決めた。

『その須田優也ってさ、普段からやばい奴だったの？』

『そうだな。ナイフを普段から持ち歩いてたみたいだし』

『え、こわ。殺人のために用意したわけじゃなかったんだ。そういや、凶器はアウトドアナイフだったとかニュースで言ってたな』

『そうそう』

『でも、それだったら、小道具の偽ナイフとはだいぶ形が違ったんじゃないか』

『どうだろう、形は似てたかも。ただ、本格的なナイフだからな。刃の鋭さとか、重さとかは、けっこう違ったと思う』

『だったら、スタッフや他の役者が気づいてもおかしくなさそうなのにな』

『皆、舞台裏では忙しくしてるから』

送られてきているスクリーンショットはここまでだった。直後に、『優也くんがナイフを持ってたのは趣味のキャンプのためなのに！　ひどい歪曲《わいきょく》！』と日菜子からの怒りのメッセージが届いている。そして、『お兄ちゃん、帰ったら作戦会議しよ♪』という一文で、日菜子からの一連の連絡は途絶えていた。

——作戦会議？

嫌な予感を胸に、翔平はスマートフォンを枕元に置いた。作戦会議をするということは、日菜子は今のやりとりから何か重要な情報を得たということだろうか。また、須田優也救出計画の遂行にあたって、翔平に何らかの協力を求めてくるつもりなのだろうか。

妹は、何を考え、何をしようとしているのだろう。

　ここまで読んでもまったく分からなかった。ぐるぐると考えているうちに、いつの間にか、眠りの世界に引き込まれていた。

　どのくらいの時間が経っただろうか。ドタドタと階段を駆け上がってくる足音で、翔平の意識は現実へと引き戻された。

「お兄ちゃん！　起きて。作戦を話すよ」

　目の前に、ぬっと妹が顔を突き出した。枕に頭をのせたまま天井を見上げていた翔平は、「わっ」と思わず大きな声を上げた。

「作戦って何だよ」

「証拠品を、優也くんに渡すための計画」

「あ、本人に渡すことにしたのか」

　確かに、警察を説得するよりは、須田優也を言いくるめるほうが簡単そうだ。

「ってことは、確証を得たんだな。真犯人の正体について」

「思ったとおりだったよ。あの人が犯人で間違いない！」

　日菜子は仁王立ちの姿勢になり、腰に手を当てて大きく頷いた。どうやら、相当な自信があるようだ。

　妹の本気を感じ、翔平もむくりとベッドから起き上がった。

日菜子と真正面から対峙《たいじ》し、真剣な声で問いかける。

「分かった。じゃあ日菜は、自分がストーカー行為をしていたことが明るみに出るリスクを負ってでも、須田優也の冤罪《えんざい》を晴らすために証拠品を提出したいんだな」

「うん」

「それだけの危険を冒す覚悟があるってことだよな」

「うん」

「そうか」翔平は目を閉じ、腕を組んでゆっくりと頷いた。「それなら、お前の兄として、心から応援する。頑張ってこいよ。健闘を祈る」

「あ、違うよ」

日菜子は短く瞬きをして、あっさりと言った。

「優也くんに証拠品を手渡すのは、私じゃなくて、お兄ちゃん」

「はあ？」

思わず声が裏返る。日菜子は動じる様子もなく、はい、と黒いレコーダーを差し出してきた。

「おい待て。どうして俺がやることになるんだ」

「だって、推しに話しかけにいくなんて無理だもん。緊張して声帯が機能しなくなるし、頭も真っ白になるし。膝がガクガク震えて立っていられなくなるかも」

「ふざけるな。そんなこと言って、握手会は行ってるじゃないか」

「それは話が別だよ。喋れなくたって握手はできるけど、証拠品についての込み入った説明はできないもん。それに、私みたいな女性ファンが録音データを持ってたとなると、真っ先にストーカーを疑われるかもしれないし」

「そのリスクを負う覚悟があるってさっき言ってただろ」

「リスクは負うよ。でも、できる限り最小にする努力はしないと」

翔平の抗議を瞬殺するなり、日菜子はペラペラと作戦の内容を話し始めた。先ほどツイッター上でやりとりした俳優が真犯人だと断定できた経緯。音声データとメッセージの履歴が証拠品として機能する理由。それらを須田優也本人に渡すための具体的な計画。すべての情報を、立て板に水のごとく語っていく。

あらかた聞き終わったところで、翔平は絶望の目を天井へと向けた。

「推理の部分はともかくとして、さすがに言い訳が苦しすぎないか？　嫌だよ、俺がやるなんて」

「大丈夫。優也くんのファンに男性はいないから。ストーカーだと疑われる可能性は低いし、万が一疑われても証拠は何もない」

はあ、と気のない返事をし、日菜子が差し出したレコーダーを受け取った。「あ、これも」と、日菜子が布団の上にクリアファイルを置く。中には、俳優とのやりとりのスクリーンショットを印刷した紙が入っていた。

「お兄ちゃんは、やっぱり頼りになるなぁ。期待してる！」

日菜子が鞄から小さな紙袋を取り出してきて、クリアファイルの隣に並べた。見覚えのあるロゴが入っている。

「あ、これは！」

身を起こし、翔平は白い紙袋を手に取った。

「食べていいよ。お兄ちゃんのために買ってきたんだ。今日はなんと、いつもの百五十円のじゃなくて、二百円のクッキーシューでーす」

「まじでか！　奮発したな」

翔平はすぐさま紙袋を開け、そのまま中身を取り出してかぶりついた。サクサクとした生地と、とろけるようなカスタードクリームが、口の中で幸せなハーモニーを奏で始める。

これで妹の頼みを断れなくなった——ということに翔平がようやく気づいたのは、シュークリームを丸ごと一つ食べ終えてしまった後のことだった。

＊

少しよれた紺色のジャケットに、ベージュのチノパン。日菜子が勝手なイメージでコーディネートした〝それらしい〟服装をそのまま受け入れた翔平は、マスコミ関係者が集まる警察署の前で、メモ帳を片手に身を縮めていた。

――いや、ホント無茶だよ……。

テレビカメラや三脚を持った業界人を横目に、来るべき瞬間に備え、スタートダッシュのイメージトレーニングをする。

「任意の事情聴取なら、夜にはいったん警察署から出てくるはず」と翔平に入れ知恵をしたのは日菜子だった。報道を聞く限り、須田優也はまだ逮捕されたわけではない。それなら警察署の前で待ち伏せすれば接触できる可能性が高い――という妹の主張は正しかったようで、こうして警察署の前で大勢の記者たちと行動を共にすることになっている。

まったく、定期テストの成績は中の下のくせに、追っかけに専念しているときだけ頭の回転が速くなるらしい。

――本当に、困った妹だ。

腕時計の針が、午後十時五分を指した。

ざわめきと異変を感じ、翔平は警察署の入り口へと目をやった。黒い長袖Tシャツにジーンズというシンプルな服装の青年が、俯《うつむ》き加減に出てくるところだった。「出てきたっ！」とどこかの記者が叫んだのを聞き、翔平は全速力で駆けだした。

やはり慣れが物を言うようだった。前のほうに陣取っていた記者がさっそく須田優也を取り囲み、マイクを向ける。

遅れをとった翔平は、迷うことなく須田優也の後方へと回り込んだ。皆が須田優也の表情や言動に注目している間に、腰の高さまで身を縮め、片手に持っていたスマートフォンをひょいと彼の尻ポケットに突っ込んだ。

違和感を覚えたのか、須田優也が一瞬こちらを振り返ろうとした。だが、次々と集まってくる記者やカメラマンにもみくちゃにされ、そのまま何もできずに再び前を向く。

記者たちを掻き分け、翔平は須田優也を中心とした集団の外へと飛び出した。テレビカメラに映らないよう注意しながら警察署の敷地を出て、道を渡る。

街路樹の陰から、小さな頭が覗いた。

「渡せた？」

「ジーンズの尻ポケットに入れてきた」

そう報告すると、日菜子は感動したように胸に手を当て、目を潤ませた。

「嘘《うそ》でしょ。信じられない。私のスマートフォンが、今、優也くんのポケットに入っているなんて……密着しているなんて……よりによってお尻に」

「おい」

「あああ入れ替わりたい！　スマホと！」

「そこかよ。まずは第一の作戦の成功を喜べよ」

思わずツッコミを入れる。歓喜の言葉を口走りながら身悶えている妹に、翔平は冷たい視線を送った。兄が捨て身の覚悟で記者たちの中に飛び込んできたことを、妹は本当に分かっているのだろうか。

日菜子の作戦はこうだった。

まず、翔平が記者に扮《ふん》して警察署の前で待ち伏せをする。任意の事情聴取が終わって建物から出てきた須田優也に、何らかの形で日菜子のスマートフォンを押しつける。須田優也が記者を振り切って警察署の前を離れ、マネージャーの用意した車に乗ったのを確認してから、翔平のスマートフォンを使って電話をかける。

このとき、事前に、日菜子のスマートフォン上では、翔平の携帯電話番号の登録名を『須田優也さんへ　真犯人の情報アリ　この電話に出てください』に変更しておく。そうすれば、突然押しつけられた他人のスマートフォンにかかってきた電話であっても、メッセージを見た本人が応答してくれる可能性が高くなる。

さすがに警察署の前では人目がありすぎるし、会話をするのも難しいだろうから、いったん安全な場所に須田優也を呼び出してから話そう——というのが日菜子のアイディアだった。つまり、この計画が上手くいくかは、須田がスマートフォンへの着信に気づき、怪しまずに電話に出てくれるかにかかっている。

もし無視されてしまったら、最悪の場合日菜子のスマートフォンは戻ってこないことになるが、それでもいいらしい。「私のスマホが優也くんの御手《みて》に触れるだけでも感無量だし」などと、妹はわけの分からない日本語を喋っていた。意訳すると、もうすぐ機種変更をする予定だったはずだから、失くしてもそれほど痛手ではないということだろう。

「そろそろかな」

通りの反対側の様子を窺いながら、日菜子が呟いた。灰色のワンボックスカーに、先ほどの記者たちが群がっている。須田優也を乗せた車は、そのまままするりと発車し、最初の信号をすぐに左へと曲がって姿を消した。

「お兄ちゃん、今だ！」

日菜子の掛け声とともに、発信履歴から『須田優也さんへ　真犯人の情報アリ　この電話に出てください』の文字を選び、電話をかける。

電話のベルが鳴り始めた。

一回、二回、三回。胸の鼓動が速くなるのを自覚しつつ、耳元で響く発信音へと耳を傾ける。

四回目のベルが鳴り、五回目に差しかかったとき、ぷつりとベルの音が切れた。

何も聞こえない。

「もしもし？」

翔平が恐る恐る話しかけると、怯《おび》えたような声が小さく聞こえた。

『あの……誰ですか？』

そばでは、日菜子が翔平の肩につかまって背伸びをしながら、ぴったりとスマートフォンへと耳を寄せている。身動きが取れない状態で、翔平は緊張しながら電話の向こうの舞台俳優へと話しかけた。

「須田優也さん、ですよね」

『……そうですけど』

「突然ポケットにスマホを入れたりしてすみません。こうでもしないと、有名人の須田さんとゆっくりお話しすることはできないと思って。あ、僕は都内の大学の二年生で、追掛翔平といいます」

不信感を抱かせないために、いったん素性を明かす。

もう少し会話をしてからにしようかとも思ったが、沈黙に耐えられず、翔平は一気に用件を口にした。

「たまたま、今回の事件の真犯人に関する重要な証拠を手に入れたんです。もしかしたら、須田さんの疑いを晴らせるかもしれません。証拠品を渡したいので、どこかで会ってもらえませんか」

『え、証拠品？　今からですか』

「そうです。場所は任せます。うかうかしていると、警察が誤った判断をして須田さんのことを逮捕してしまうかもしれません。こんなことを突然言われて怖いかもしれないですが——信じてください。お願いします」

妹に押しつけられた面倒な仕事のはずなのに、妙に感情がこもってしまった。祈るような気持ちで、須田優也の返答を待つ。

しばらくの沈黙の後、『分かりました』という囁《ささや》き声が、翔平の耳に届いた。

東京都世田谷区内を走る、大きな国道沿い。

須田が指定したのは、店でも公園でも住宅街でもなく、大通りの歩道に立っている郵便ポスト前だった。帰宅途中のサラリーマンや学生が通るため、常に人目があるが、かといって注目されることもない。電話口で十数秒悩んでいただけのことはあって、「突然尻ポケットにスマートフォンを入れていった不審者」と話すにはちょうどよい場所のようだった。

約束の時間よりも三十分ほど早く、翔平は待ち合わせ場所に辿りついた。日菜子は「優也くんの顔が見えるように、お兄ちゃんはこっち側に立っててね」などと演出家さながらの勝手な指示をしてから、すぐ近くの電信柱の陰へと姿を隠した。

「あの」

声がかかったのは、約束の時間の五分前だった。顔を上げると、黒いキャップをかぶった細身の青年が近づいてくるところだった。背丈も年齢も翔平と同じくらいだし、長袖Tシャツにジーンズという簡素な格好をしているのに、なぜかずいぶんと華々しく見える。その理不尽な格差を嘆きながら、翔平は須田優也を出迎えた。

「これ、お返しします」

戸惑った様子で、須田が日菜子のスマートフォンを差し出してきた。彼の目がスマートフォンの裏面へと注がれているのを見て、翔平もその視線を追う。スマホケースには、『白球王子』というロゴと、白いユニフォームに身を包んだ野球少年たちの集合写真がプリントされていた。そのセンターで野球ボールを弄んでいるのは、他でもない、目の前にいる須田優也だ。

「ありがとうございます」日菜子のスマートフォンを受け取りながら、翔平は慌てて弁解した。「今回、あえてこのケースをつけたんですよ。妹のなんですけど、このために借りたんです。この『白球王子』って、須田さんの主演舞台なんですよね？少しでも警戒されないようにと思って、工夫してみたんです」

「そうだったんですか。確かに、分かりやすかったです。この電話は間違いなく僕にかかってきているんだなって」

須田優也がこくりと頷いた。

——案外、純粋な奴だな。

俳優という人種に対する先入観を払拭するような、飾らない喋り方をする青年だった。目の前の若き舞台俳優を見直しながら、翔平はポケットからＵＳＢメモリを取り出し、胸の前に掲げてみせた。

「証拠品というのが、これです。音声データと画像データが一つずつ入っています。ちなみに、このデータを手に入れた経緯なんですが――」

大学の演劇サークルで音響係を務めている、と翔平は説明した。

事件が起きた前夜、都内各所で、演劇で使う音声をサンプリングしていた。ちょうどレコーダーを新調したばかりだったため、性能を確かめたくて、雑音の多い場所で周りの音を無差別に録音した。その音声データを後から聞き返すと、驚いたことに、草野京太郎や須田優也を含む七名の俳優の会話が明瞭に残っていた。

「たまたま入った居酒屋で、すぐ後ろの席に座ってたみたいなんです。音声は録っていましたが、会話に耳を傾けていたわけではなかったので、全然気づいていませんでした。あとから聞き返してびっくりしたんです」

「へえ、あのとき近くに」

日菜子が考えた嘘八百の設定を、どうやら須田は真《ま》に受けてくれたようだった。思慮深げに頷いてから、「僕らの会話の中に、何か気になることがあったんですか」と首を傾げる。

「はい。その前に、何点か教えてください」

日菜子に再三教え込まれた推理の前提条件を頭の中で反芻《はんすう》しながら、翔平は須田の目を見つめた。

「仲間にちらっと見せていたお気に入りのアウトドアナイフ——あのとき以外に、他の人に見せたりしましたか」

「いえ、あのときだけですよ。買ったばかりでしたし、人に見せびらかすようなものでもないですから」

「そのアウトドアナイフは、公演中、どこにありましたか」

「共用の楽屋に置いていたリュックのポケットです。関係者の誰かが持ち出したに違いないって、警察には何度も言ったんですけどね」

「ってことは、舞台にあれを持ち込んだのは、須田さんではないんですね」

「違います。あのときは、一ノ宮さん——僕を襲う演技をしていた役者と揉み合いながら舞台袖に転がり込んで、すぐに彼からナイフを受け取ったんです。ちょっと刃先が指に当たってちくりとした覚えがあるので、そのときにはすでにすり替わっていたんだと思います。だけど、切羽詰まったシーンだったので、よく手元を見ずに、そのまま舞台へと戻って演技を続けてしまいました。そのせいで、草野さんが——」

淡々と話していた須田優也が、急に声を詰まらせた。顔を俯け、キャップのつばで目元を隠す。

彼の気持ちを察して、翔平は顔を背けながら話を続けた。

「ありがとうございます。これで、真犯人が分かりました」

「本当ですか」震え声で、須田優也が問いかけてきた。「誰なんですか。こんなひどいことをしたのは。僕を殺人犯に仕立て上げて、自分の手を汚さずに草野さんを殺したのは」

「真犯人は、事件前夜に一緒に飲みに行ったメンバーの中にいます」

翔平は短く告げた。

須田優也が観念したように目をつむる。驚いた様子はなかった。

「やっぱり。僕がアウトドアナイフを持ち歩いてることを話したからですよね。うすうす思ってたんです。ナイフがしまってある場所を知っている人間は限られているな、って」

額に手を当て、須田は力なく首を振った。

「一ノ宮さん、なんでしょうか。警察も、僕でなければ一ノ宮さんだと思っているみたいで。あのシーンで最初にナイフを持ったのは彼だから、すり替えも簡単だろう、と。わざと本物のナイフを使って演技をして、僕に罪を押しつけたんじゃないかと」

「それは違います」

「え？」

「ちょっと、この会話の録音を聞いてもらえますか」

翔平はポケットから、日菜子の高性能レコーダーを取り出した。イヤホンの片方を須田へと手渡し、もう片方を自分の耳へと差し込む。彼の準備ができるのを待って、ゆっくりと再生ボタンを押した。

音声は、須田優也の楽しげな声から始まった。

『ちょうど昨日も、いろいろ情報交換してたんだ。小松原さん愛用のキャンピングカーとか、冬でも絶対に寒くないシュラフとか』

『この車いいな』

『ダウンの寝袋か、そりゃあったかいだろうな』

『あと、おすすめのアウトドアナイフも教えてもらったよ。この間の休みに買いに行ったんだけど、いざ手に入れたらテンションが上がっちゃって。それからずっと鞄の中に入れっぱなし』

『ナイフ持ち歩いてんの？　危ねえ奴だな。アウトドアナイフって、何に使うんだ？』

『木を切ったり、加工したり、あとは食材を捌いたり――何にでも使えますよ』

『何の話？』

『俺もトイレ』

『須田の趣味がキャンプ？　専用のナイフも買った？　何それ、イメージと全然違うんだけど。アウトドアナイフって、折りたたみ式のやつ？』

『ああ、それはフォールディングナイフですね。確かにそれが持ち歩きやすいし一般的なんですけど、僕が買ったのは違うんです。シースナイフって言って、刃の部分を専用の鞘に入れて持ち運ぶタイプで』

『へえ、かっこよ。見せてよ』

『こんなところで出したら不審者扱いされますから。人に見せるのも初めてなんですよ』

そこで停止ボタンを押し、イヤホンを耳から外す。

「ここで、須田さんは席にいる仲間にアウトドアナイフを見せたんですよね」

「はい、そうです」

「須田さんがリュックからナイフを取り出す前に、『俺もトイレ』と言って席を外した人がいますね」

「えー と……赤羽くんですね。赤羽創。一ノ宮さんがトイレから戻ってきて、入れ違いに行ったんです」

　そこで、と翔平は郵便ポストの上へと手を伸ばした。置いていたクリアファイルを取り上げ、そのまま須田へと手渡す。

「実は、僕のちょっとした知り合いに、赤羽さんの高校の同級生がいるんです。その人が、今日赤羽さんに連絡してみたところ、事件についてこんなやりとりがありました。ここを読んでください」

　日菜子演じる偽の『にしむー』と赤羽創のやりとりがプリントアウトされた紙の一箇所を、翔平は人差し指で指し示した。

『その須田優也ってさ、普段からやばい奴だったの？』

『そうだな。ナイフを普段から持ち歩いてたみたいだし』

『え、こわ。殺人のために用意したわけじゃなかったんだ。そういや、凶器はアウトドアナイフだったとかニュースで言ってたな』

『そうそう』

『でも、それだったら、小道具の偽ナイフとはだいぶ形が違ったんじゃないか』

『どうだろう、形は似てたかも。ただ、本格的なナイフだからな。刃の鋭さとか、重さとかは、けっこう違ったと思う』

文章を目で追っていた須田優也の動きが、ぴたりと止まった。

「ちょっと待って。これは――」再度紙の上に目を滑らせ、目を見開く。「――おかしい。見せていないのに、どうして分かったんだ？　僕のアウトドアナイフが、一般的なフォールディングナイフじゃなくて、小道具と似た形をしたシースナイフだって」

さすがに、須田が気づくのは早かった。

現物を見せていないはずの赤羽創が、ニュースで流れた「アウトドアナイフ」という単語から折りたたみ式でない特別な形のナイフを連想し、さらに刃の鋭さや重さまで把握していた。

これは、赤羽創がアウトドアナイフを須田優也のリュックのポケットから盗み出し、鞘を取って小道具のナイフとすり替えておかない限り、ありえないことだ。

日菜子は、赤羽創が怪しいと睨んだ瞬間から、どうにかして証拠の残る形でボロを出させようと誘導していたのだろう。

「犯人は、赤羽くん……」顔を上げた須田の目は赤くなっていた。「でも、どうしてそんなことを」

「草野さんのことを恨んでいたからです」

「……恨んでいた？」

「はい。実は、赤羽さんは、本当は脇役をやるはずではなかったんです。主演に内定していたのに、草野さんのせいで外されてしまったんですよ」

「え、主演？　『白球王子』の？」

須田が目を丸くした。それもそうだろう、と思う。日菜子から聞いたときは、翔平も驚いた。

日菜子が指摘したのは、録音データに残されていた、赤羽創の発言の矛盾だった。居酒屋での会話の中で、草野京太郎が「君たちにはいつ依頼があったの？」と尋ねたとき、赤羽創は年末くらいと答えていた。また、演出家である小松原と仕事をするのも初めてで、出会ってから印象が変わったと言っていた。つまり、赤羽創が今回の舞台のことを知ったのも、演出家の小松原と懇意になったのも、昨年の十二月以降と推定できる。

しかし、赤羽創は、「見に行きたかった舞台のチケットを小松原さんからもらった」と話した。一ノ宮潤の主演舞台『青春ゴール』だ。

日菜子曰《いわ》く——この舞台は、昨年の十月までで全公演が終了している。

チケットをもらったという発言が本当だとすれば、赤羽創は少なくとも昨年の十月以前に小松原から声をかけられていたということになる。そして、こちらが正しい時期だということは、「今回のキャスト発表、ずいぶんと延期されましたよね」という赤羽創の言葉からも窺える。つまり、年明けすぐというギリギリのタイミングでのキャスト発表が、本来設定されていた日付から先延ばしされた結果だということを、赤羽創はあらかじめ知っていたわけだ。

この二か月のタイムラグには、当の一ノ宮潤も気づいていたようだった。赤羽創が『青春ゴール』の舞台を見に行ったと話したとき、一ノ宮潤が『あれ？　ホントに？』『でも——』『まあいいや』と怪訝《けげん》な声を出していたのが、日菜子が持っていたレコーダーにしっかりと記録されていたのだ。

では——なぜ、赤羽創は、小松原から声をかけられた時期を十月以前ではなく年末だと偽装したのか。

十月というと、草野京太郎に話が行った十一月よりも前だ。準主人公である桜部長役を調整するより前に決める役となると、数は限られている。

日菜子は、悔しそうな顔をしながら断言した。

そんな大事な役は、主人公の紅葉裕太役しかありえない——と。

「草野さん、意味深な発言をしてましたもんね。キャスト発表がギリギリになったのが、自分が無理言ったからかも、とか何とか」

翔平の説明を聞き終えた須田が、がっくりと肩を落とした。

「オファーが来たとき、主演を最後に決めるなんて変だな、とは思ったんです。まさか、赤羽くんに決まってたのに、草野さんの意見で脇役に下ろされてたなんて」

「いえ、草野さんは、赤羽創という特定の俳優を下ろそうとしたわけではないと思います。主演はどこそこの事務所の新人俳優の予定だ、というような曖昧な情報しか聞いていなかったのでしょう。でなければ、赤羽創が声をかけられた時期を偽装する意味がないですから。草野さんは、自分がわがままを言って下ろした元主役内定者だとは知らないまま、脇役として舞台に参加することになった赤羽創と親しくしていたというわけです」

「そうか」須田が端整な顔を歪《ゆが》ませた。「ということは——草野さんは、赤羽くんに対して悪意があったわけじゃなくて、単純に僕のことを推そうとしてくれていたんですね」

はらり、と須田の目から涙がこぼれた。

須田優也を主演に据《す》えない限り、桜部長役は受けない。

そんな身勝手な条件を、草野は強硬に主張したのだろう。草野と仲良くしている演出家の小松原は、草野の意見を無下にできなかった。その結果、キャスト発表が延期された。主演に決まっていた赤羽創は別の一年生役へと変更され、直前になって、須田優也にオファーを出し直すことになった。

草野はただ、可愛がっていた同じ事務所の後輩に、活躍の場を与えたかったのだ。

しかし——その裏では、別の新人俳優が、人気漫画の舞台化作品の主演という一世一代のチャンスを剝奪されていた。

「これまでの話は、あくまで赤羽創の発言に基づく推測です。ですから、周りの関係者に確かめてみてください。草野京太郎の意見を演出家が聞き入れ、主人公役を赤羽創から須田さんに変更した、という経緯を知っているスタッフが必ずいるはずです。関係者の証言と、この証拠品があれば、須田さんの疑いはきっと晴れます」

須田優也の手を取り、USBメモリをそっと載せる。彼はしばらくの間、充血した目で、てのひらの上の小さな証拠品をじっと見つめていた。

「……ありがとうございます。僕のために、ここまでしてくれて」

ぎゅっとUSBメモリを握り締め、須田が深々と頭を下げた。「ありがとうございます、本当にありがとうございます」と何度も口にする。翔平は慌てて彼の上半身を起こそうとしたが、須田は顔を上げようとしなかった。

荒い息遣いと、洟《はな》をすすり上げる音が、翔平の耳に届いた。

──全部、日菜のおかげなんだけどな。

いざ感謝されてみると、だんだん居心地が悪くなってきた。自分は一ミリも証拠集めや推理に貢献していない。日菜子に教えられたことをそのまま話しただけなのに、こうやって功績を独り占めしてよいものだろうか、とむず痒《がゆ》くなる。

「実は、俺はただの協力者なんです。今の話は全部、妹が考えついたことで。妹は、実は須田さんの大ファンで、どうしても助けたいって、ずっと言っていたんです」

耐えきれなくなり、翔平は須田に事実を打ち明けた。

「おい、日菜。そこから出ておいで」

後ろを振り返り、呼びかける。須田も顔を上げ、日菜子が隠れている電信柱を注視した。

電信柱の陰から、日菜子が恐る恐る顔を出した。須田にまっすぐ見つめられていることに驚いたのか、再びぱっと身を隠してしまう。

「妹さん、そこにいたんですね」

須田が歩いていき、電信柱の陰に隠れていた妹に「あの」と声をかけた。顔を真っ赤にした日菜子が飛び出してきて、前髪を直しながら、ぺこぺこと頭を下げる。「はじめまして」という、消え入りそうな挨拶が聞こえてきた。

　須田が一歩前へと踏み出し、おどおどしている日菜子の手を取った。「助けてくれて、本当にありがとう」と感極まった声を絞り出し、妹の手を自分の両手で包み込む。彼の目には、大粒の涙がにじんでいた。

「もし殺人の疑いが晴れて、役者として復帰できたら、これまで以上に頑張ります。紅葉裕太としても、別の役をもらったとしても」

　彼の声には、深い悲哀が入り混じっていた。陥れられた結果とはいえ、自らの手で大好きな先輩の命を奪ってしまったことに対する罪悪感。そして、やるせなさ。そんな重いものを背負いながらも、須田はきっと、一歩ずつ前に進み、立ち直っていくのではないか。

　きっと彼は、そういう器の人間だ。

　大好きな舞台俳優に手を握られ、日菜子は口をパクパクと開けたり閉じたりしていた。上がり症を発動してしまったのか、顔は赤いを通り越して青白くなっていて、目はすっかり涙で潤んでいる。

　――よかったな、日菜。

　翔平は郵便ポストの上に肩肘をのせ、須田優也と日菜子のぎこちない会話を、父親のような温かい目で見守った。

『今入ったニュースです。俳優の草野京太郎さんが公演中に殺害された事件で、共演していた十九歳の俳優が殺人の疑いで逮捕されました。警視庁によると、少年は舞台で使用する小道具を本物のナイフにすり替えたことや、草野さんに対する殺意があったことを認めているということです。警察は、殺害に関与した疑いで任意の事情聴取を受けていた共演者の須田優也さんについて、小道具のナイフがすり替えられていたことを知らず、殺害の意思がなかったとして、逮捕を見送る方針を発表しました。繰り返します――』

＊

夕ごはんを食べ始めて間もなく、テレビで流れ始めた速報のニュースを見て、味噌汁の椀を口元に運ぼうとしていた翔平は「おっ」と小さく声を上げた。

「よかったな」

隣の席の妹を振り返る。日菜子は、箸で野菜炒めをつつきながら、何やら不機嫌な顔をしていた。昨夜須田優也と感動の対面を果たしてから、ずっとこの調子だ。

「どうしたんだよ。愛しの須田優也の容疑が晴れたんだぞ」

「あら、そうなの？　よかったわねえ、日菜」

キッチンに立っている母も、のんびりとした声で呼びかけてくる。それでも日菜子は、ぶすっとした顔をして口を開こうとしなかった。

「そんなにむくれてどうしたんだよ。あのあと、須田優也に連絡先を聞かれたんだろ。お礼のメッセージも来たし、食事にも誘われたんだっけ？　すごいじゃないか。このまま攻めていけば、付き合うのも夢じゃないかもしれないぞ。あいつとの恋愛なら、俺も全力で応援する。けっこういい奴だったし」

味噌汁の椀をテーブルに置き、翔平は腕を組んだ。父はまだ会社から帰ってきていないから、こんな話も大声ですることができる。

しかし、次の瞬間、甲高い怒号が耳をつんざいた。

「お兄ちゃんのバカぁ！」

日菜子が席から立ちあがり、ボコボコと背中を何度もこぶしで殴ってきた。

「おい何だよ、どうしたんだよ」

慌てて振り返ると、日菜子は「分からないの？」と思い切り眉を吊り上げた。

「あのとき、私、お化粧もヘアセットもしてなかったんだよ？　服だって、中学のときから着てる安物のワンピースだったんだよ？　優也くんには、完璧な状態でしか会わないって決めてたのに。お兄ちゃんが私のことを呼ばなければ、あんな醜い姿を晒《さら》さなくて済んだのに」

「へ？」

「それに、お兄ちゃん、『白球王子』のスマホケースのこと、妹のだって説明したでしょ。妹が大ファンなんですって言ったでしょ」

「それが何か？」

「せっかくお兄ちゃんに協力してもらったのに、あんなこと言ったら全然意味ないじゃん！　演劇サークルの音響係っていうのは嘘で、実は妹のほうが後をつけて録音してたんじゃないかって、絶対疑われてるよ。電信柱の後ろからずっと観察してたなんて、気持ち悪いファンだなって思われてるよ」

「ええ？　勘繰りすぎだろ。そんなことないって」

「そもそもね、お兄ちゃん、私のこと全然分かってない。推しっていうのはね、追いかけるものであって、対等に向き合うものではないの。推しはね、心の安寧《あんねい》をもたらしてくれる、尊い存在なの。いわば神様なの。考えてもみてよ。普通、神様と付き合いたいなんて思わないでしょ？　神様と食事に行きたいわけないでしょ？」

「そんな大げさな——」

「全然大げさじゃないよ！　とにかく、私は、優也くんとお近づきになりたくなんてなかったの。もう、夢から醒めちゃったよ。二人が出会う前の純粋な片想いの関係にはもう戻れないよ。ああもう、悲しすぎる。私は、優也くんのことを、遠くからそっと眺めているだけでよかったのにぃ――」

背中を叩き続けている日菜子の剣幕に押され、「ご、ごめん」と翔平は頭を下げた。

妹の思考回路がどうなっているのか、まったく理解ができなかった。憧れていた舞台俳優とひょんなことからお近づきになることができたのに、しかも相手のほうから食事にまで誘われているというのに、日菜子は勝手に醒めてしまったようだ。翔平の目から見ると、須田が日菜子を警戒している様子はなかったし、むしろ純粋な心を持つ好青年に感じられたのだが――。

な、なんて自分勝手な。

「翔平、日菜子のこといじめちゃダメよぉ」

キッチンで洗い物をしている母が、とんちんかんな注意を投げかけてきた。

教訓。

――兄は、妹におせっかいを焼くべからず。

第二話

お相撲さんに恋をした。

六月四日、都内某所。

日がすっかり暮れた時間に、洒落たレストランから出てきた仲睦まじい二人の男女を、本誌のカメラが捉えた。

大柄な外国人男性は、チェコ出身の現役力士、力欧泉《りきおうせん》（29）。そして、彼のそばに寄り添っているマスク姿の女性は、不動の人気を誇る国民的女優・瀬川《せがわ》萌恵《もえ》（27）だ。

三年前に、脚本家の谷口《たにぐち》ヨシユキ（45）と結婚している瀬川萌恵。幸せそうに見えた結婚生活は、いつの間に破綻を迎えていたのだろうか——。

＊

日菜子の鼻歌をＢＧＭに、翔平はアクションゲームにいそしんでいた。

夕飯を食べて風呂に入った後、眠くなるまで布団の中で好きなだけゲームをやるという習慣は、大学生になってからすっかり定着してしまった。これでも、朝起きられず講義をサボった日には多少の罪悪感を抱きつつ早寝を心掛けるのだが、明日は土曜だ。翔平の夜は長い。

筋骨隆々の敵キャラに三連続で勝利し、次が最終戦というタイミングで、翔平は数十分ぶりに顔を上げた。

さっきから忙しそうに部屋の中を歩き回っている妹へと視線をやり、その手元を見た瞬間、翔平は思わず大声を上げて布団を跳ねのけた。

「おいおいおいおいおい！」

携帯ゲーム機を枕の上に放り出す。翔平は慌てに慌て、壁に新しく写真を貼っている妹を呼び止めた。「大声出してどうしたの？」と妹が呑気《のんき》な声で言い、こちらを振り返る。

ベッドから降り、仁王立ちになって壁を凝視する。しばらく絶句してから、翔平は恐る恐る妹へと近づいた。

「お前、嘘だろ」

「何が？」

「さすがに引くわ」

「え、どうして？」

「だって——節操なさすぎだろ」

「そう？」

「じゃあ訊くけど、ついこの間まで熱を上げてた須田優也は、どういうところが好きだったんだ」

「純粋なところ。役に対して一生懸命で真面目なところ。肌が白くてすべすべしてるところ。普段はクールなのにふとした表情が可愛らしいところ」

「じゃあ、この写真の人物の好きなところは？」

「純粋なところ。常に一生懸命なところ。肌が白くて触り心地がよさそうなところ。身長が一九二センチもあるのにブログの文章がとてつもなく可愛いところ」

——共通点は一切ないはずなのに、妹が力説するとよく似て聞こえるから恐ろしい。

壁に何十枚も貼られた、大柄な西洋人男性の写真を眺める。裸、裸、裸——いや、正確にはまわし一丁。ほとんどの写真が裸同然の姿で写っているせいで、すっかり壁の一角は肌色に染まっている。

「この人……お相撲さんだよな」

「うん。現役の力士」

「何て人？」

「四股名《しこな》？　力欧泉。本名ならヤン・ハシェック。身長は一九二センチで、体重は一二〇キロ、出身はチェコのオストラバ。もともとはレスリングを本格的にやってたんだけど十八歳の頃に日本の大相撲に感銘を受けて転向したの。相撲歴は十年で、現在二十九歳。歳のわりにはけっこう可愛らしい顔してるでしょ？　ホントさ、やばいよね、可愛すぎて息するのがつらいし、もはや可愛さだけで本場所優勝できるんじゃないかな。私、稽古場の柱になって力欧泉にはたかれたい。もしくは両国《りょうごく》国技館の土俵の土になって、私の上で四股を踏んでもらいたい。ああ生まれ変わるならどっちにしよう――」

「ストップストップ」翔平は両手を大きく振って、暴走寸前の日菜子を制した。「有名な人？　横綱とか大関じゃないの？」

「東《ひがし》前頭《まえがしら》十一枚目」

「何だって？」

「上から五番目の地位だよ。横綱、大関、関脇《せきわけ》、小結《こむすび》、前頭」

「ああ、前頭ね」

翔平がようやく頷くと、「お兄ちゃん、知らないのぉ」と日菜子が新たな写真を貼りながらわざとらしい声を出した。憎たらしい妹だ。

「純粋な疑問なんだけどさ。いったいどうやったら、舞台俳優からお相撲さんにすんなり乗り換えられるわけ？　っていうか、どういう経緯で力士に惚れたんだ？　しかも、それほど知名度も高くなさそうな人に」

「沙紀に教えてもらったの。最近、女子高生の間で人気沸騰中なんだよ」

「へ？　そうなの？」

「ブログがめちゃくちゃ可愛いの。ひらがなとカタカナと、小学校低学年で習う漢字くらいしか使えないみたいなんだけど、食べたものとか行った場所のことを一生懸命書いてるんだよ。あと、日本の顔文字文化が大好きらしくて、オリジナルの顔文字をたくさん作ってブログで使ってるの。沙紀も鞠花もハマっちゃって、最近、三人でやりとりするときは、ブログから取ってきた力士顔文字しか使わないんだぁ」

「……力士顔文字？」思い浮かべようとしたが、まったくイメージがわかない。

「でね！　すごいの！　大相撲って、朝稽古の見学が無料《タダ》なの！」

日菜子が写真を貼る手を止めて、潤んだ目でこちらを見つめてきた。

「いつでも好きなときに行けるんだよ。回数制限もないんだよ。完全なる無銭イベント。もう信じられない。チケット代も、グッズ代も、ＣＤ代もかからないなんて……本当にいいのかな？　逆に申し訳ないから私だけにこっそり口座番号を教えてほしい」

「何だよそれ。もともと無料で公開されてるんだから素直に恩恵を享受すればいいだろ」

「それは無理。私たちファンはね、推しの養分になることを生きがいとしているんだから」

「一般人には理解しがたい思考回路だ」

「はああ、ホント素敵だよね。何度でも会えるお相撲さん。……会える力士」

「会いに行けるアイドルみたいに言うな」

妹が力欧泉の写真に頬ずりしながら甘い吐息を漏らす。一方の翔平は、正反対の感情を込めて大きく嘆息した。

「つまりは、今回はこの力欧泉とかいう大相撲力士が、お前の新しい推しになったわけだな」

そう言ってから、はてと首を傾げる。

「いや、『推し』って言うのも変か。力士は、特定のアイドルグループや舞台作品のメンバーってわけじゃないし」

「ううん、推しでいいよ。角界という一つの世界観の中で、私は力欧泉に恋をしたわけだから。力欧泉は私にとって、紛れもない推しです。神様です。力欧泉を日本に連れてきた大相撲という競技に、心から感謝を捧げています」

「もはやなんでもありだな。そんなこと言ったら、人間誰しも何らかのグループに属してるぞ」

翔平はもう一度大きくため息をついた。まあいい。日菜子が熱狂的に恋をする相手の総称は統一しておいたほうが、こちらも何かと楽だ。

「……とりあえず、よかったな。合法的に会えるし話もできるんだったら、これを機に犯罪からは足を洗えば？」

「犯罪って？」

「ストーカー行為」

「ひどいなあ。ストーカーじゃなくて、追っかけだよ。『何があっても推しに迷惑をかけない』っていうのが、私のモットーなの。本人に危害を加えたり怖い思いをさせたりしたら犯罪だけど、私は絶対に気づかれないように徹底してるから大丈夫」

「何だその独自ルールは。日本の警察には通用しないぞ」

翔平の忠告を聞き流し、日菜子は壁に写真を貼り付ける作業を続行した。セロハンテープを伸ばして切る音が、断続的に共有部屋の中で響く。手慣れたもので、日菜子の写真を貼るスピードは目を疑うほどだった。みるみるうちに、壁が西洋人力士の写真で埋まっていく。

何気なく日菜子の勉強机の上へと目をやって、翔平は目を見開いた。近寄っていって、ノートパソコンの脇に置いてあった分厚い本を手に取る。タイトルは『一週間で話せる！　チェコ語入門』となっていた。

「日菜、お前、チェコ語勉強してるのか」

「うん。ドブリーデン！　イメヌイセ、ヒナコ・オイカケ。デクイー」

「いやいや、せめて英語だろ。受験勉強にもなるし」

「英語じゃ当たり前すぎるもん。ドブリーヴェチェル。ヤクセマーシェ？」

「うん……まあ、好きにすればいいと思うよ」

夢見る乙女の目をしている妹のそばをそそくさと離れ、翔平はベッドの上へと戻った。

妹は、いったいどこへ行ってしまうのか。

兄の気苦労は、まだまだ絶えない。

＊

素肌に汗をにじませた十数名の力士たちが、土俵を取り囲んで声を上げる。

その内側では、二人の力士が本番さながらに巨体をぶつけあい、土の上で足を踏ん張っていた。一方の力士が押し出されるか、地面に手をついた瞬間に、周りの力士たちが間髪入れずに「ハイ！」と掛け声を発し、両者の間に割り込む。勝者は、我こそはと挙手している者の中から一名を指名し、さらに次の対戦へと挑む。

東京都葛飾区《かつしかく》にある八重島《やえじま》部屋の稽古場は、木を基調とした壁に囲まれた、小ぢんまりとした一室だった。所属している力士たちがひしめきあう中で、日菜子ら十数名の見学客は、壁にぴったりとくっつくようにしながら黙って稽古の様子を眺めていた。

稽古場では、力士たちの集中力が乱れないよう、見学する側も注意しなければならない。過去にマナーの悪い客でもいたのか、反対側の壁には『稽古場ではお静かに』という注意書きの紙がでかでかと貼られていた。

歓声を上げたり力欧泉の名を呼んだりできないことは少々もどかしいけれど、この相撲部屋のいいところは、稽古中の写真や動画の撮影が許可されていることだった。なんてファンに優しいんだろう——と心の中で幾度も感動の涙を流しながら、日菜子はスマートフォンを片手に稽古を見学していた。

現在、中央の土俵では、勝ち残り形式の相撲稽古が行われていた。

この形式の相撲稽古のことを、「申し合い」と言うそうだ。土俵の周りで「てっぽう」と呼ばれる柱を手で突いている力士や、ダンベルを持ち上げて筋肉を鍛えている力士、二人一組になって相手の肩の高さまで足を持ち上げ柔軟運動をしている力士など、個人練習に励んでいる力士たちもいるけれど、やっぱり土俵の真ん中でぶつかりあっている姿が一番見応えがある。後輩力士が先輩力士に全力でぶつかって投げられるのを繰り返す「ぶつかり稽古」や、同じくらいの実力の力士同士が幾度も相撲を取り続ける「三番稽古」も、申し合いと同じくらい迫力があった。

その申し合いで、現在のところ五連続で勝ち続けている白い肌の力士がいた。日菜子の推し——力欧泉だ。

連続六回目の対戦相手は、八重島部屋で最も高い番付を誇る、関脇の富士ノ春《ふじのはる》になった。体軀《たいく》が大きいのは力欧泉だけれど、ベテランの富士ノ春はその体格の差を技術でやすやすとカバーしてしまう。この相撲部屋に関取経験力士は三人で、その筆頭が富士ノ春、次点が力欧泉という順番らしい。

力欧泉ファンの日菜子としては、ぜひ彼に一番になってほしいところだった。関脇と前頭の実力差がどれほどのものかは分からないけれど、まったく勝てない相手ではないはずだ。

富士ノ春と力欧泉との一戦は、力欧泉が力強くぶつかっていき、しばらく膠着《こうちゃく》状態が続いた。最後に、力欧泉がどうにか富士ノ春のまわしを取り、顔を真っ赤にしながら格上の相手を土俵の外へと押し出した。おお、と力士たちの間でどよめきの声が上がる。

誰にも聞こえないように、「やった」と口パクで歓声を上げる。すると、隣からも小さな呟きが聞こえた。

「そろそろ一番かな」

声の主は、日菜子の横にしゃがんでいる若い女性客だった。どうやら彼女も、近いうちに力欧泉がこの相撲部屋でトップに立つことを確信しているようだ。富士ノ春はもう三十四歳で、力欧泉は二十九歳。もうすぐ、実力も逆転するに違いない。

日菜子はちらりと隣に目をやった。

さっきから、隣の女性のことが気になっていた。

十数名の見学客のほとんどが中年男性か高齢男性、もしくは夫婦という中で、一人で来ている女性は日菜子を含め二人だけだった。しかも、この女性は、先週日菜子が二日連続で稽古を見に来たときも、今と同じ場所に陣取って長々と朝稽古を見学していた。

大きなマスクをしているから正確には分からないけれど、年齢は三十前後に見える。髪は肩までのショートボブで、ぱっちりとした目が綺麗《きれい》な女性だった。

今日も、午前十時ぴったりに朝稽古が終了した。ほとんどの力士が見学客に対して無表情で頭を下げて退場していく中、力欧泉だけはニコニコと無邪気な笑みを浮かべ、「アリガトネ」と片言で挨拶しながら部屋を出ていく。日菜子が控えめに手を振ると、力欧泉はきちんと目を合わせて手を振り返してくれた。

——こんな、至近距離で！

アイドルの現場では、ファンが〝認知〟をもらう——つまり顔や名前を覚えてもらうために手間暇かけて応援うちわや横断幕を作ったり、握手券を大量に入手して一秒でも多く推しの視界に入ろうとしたりする。それを思うと、信じられないくらい恵まれた環境だ。

力欧泉の広い背中が視線から消えるや否や、日菜子は帰り支度を始めていた隣の女性に声をかけた。

「あの、珍しいですね！　私以外にも一人で見に来ている女性の方がいて、びっくりしました」

マスク姿の女性が振り返り、目を細めて笑った。

「あら、私も思ってたの。女性は女性でも、こんなに若い方は珍しいな、って。学生さん？」

「はい、高校生なんですけど、つい最近相撲に興味を持ち始めて」

「高校生なんだ！　大人っぽい服装してるし、お化粧も上手だから、もう少し上なのかと」

上品なお姉さんといった風貌の女性に褒められ、日菜子は照れ笑いをした。推しに会いに行くときに美意識エンジンがかかるのは、いつものことだ。逆に普段は手抜きしすぎだと、兄や鞠花にはよく怒られる。

名前を訊かれ、日菜子は自己紹介をした。瀬川、と彼女は名乗った。

「いつも一人で来てるから、話しかけてもらえて嬉しいな。若い人もたまにいるんだけど、自分から話しかけるのは苦手で、いつもそういう機会をロスしちゃってて」

「瀬川さんは、いつから相撲ファンなんですか」

「そんなに長くないよ。今年の一月場所を国技館で見たのがきっかけだから、二シーズン前くらいかな」

「国技館！　いいですね」

日菜子が両手の指を組み合わせると、瀬川はにっこりと笑い、「日菜子ちゃんはいつ頃からなの？」と尋ねてきた。

「私は、つい最近なんです。まだ勉強中の身で。力欧泉のブログが可愛いって友達に勧められて、急にハマっちゃって」

「あ、力欧泉のファンなの？　私もだよ」

「やっぱりそうでしたか！　嬉しい！　あんなに力強いのに、笑顔がキュートで癒されちゃいますよね。あと、ブログで使ってる力士顔文字もめちゃくちゃ可愛いですよね。今、高校のクラスでものすごく流行《はや》ってるんです。あの、ぜひ、情報交換とかさせてください！」

日菜子が興奮した口調でまくしたてると、瀬川は可笑しそうにマスクの上に手を当てた。

「一つ、質問してもいいですか」

「いいよ」

「朝稽古以外の時間って、会える時間はないんでしょうか？　私、本当に力欧泉のことが好きで、そういう機会があるならぜひ来たいと思って」

「そうねえ。この後のスケジュールは、まず——」

一番、二番、三番、と小声で呟きながら、瀬川は細長い指を折っていった。風呂・昼食、昼寝、自由時間、夕食、二回目の自由時間、就寝という、力士の一日のスケジュールを順番に数えているのだろう。それくらいの基礎知識は、日菜子もすでに学習済みだった。

「——たぶんだけど、昼寝と夕食の間の自由時間には会えると思うよ。そのほかの時間は難しいかも」

「本当ですか？　稽古以外でも会えるんですね！」

「力欧泉は散歩が好きで、よくこのへんをぶらぶら歩いてるからね。探してみるといいよ」

——この人は、同志かもしれない。

日菜子よりもファン歴が長いとはいえ、これほど詳しい情報を知っているということは、日菜子と似た〝性質〟の持ち主なのかもしれなかった。

「また、明日も来ますか？」

「明日はちょっと難しいかな。でも、定期的に来てるから、また見つけたら声かけてね」

「ありがとうございます！　楽しみにしてます」

日菜子はペコリと頭を下げ、そのまま瀬川と別れた。初めて話した人とは思えない親近感が、瀬川にはあった。

――稽古場以外でも、どこかで会ったことあるのかな。

首を傾げながら、日菜子は最寄り駅へと歩いた。競争相手のいない、こんなに平和な追っかけは、ずいぶんと久しぶりのことだった。

＊

翌日曜日の朝も、同じように八重島部屋の朝稽古を見学しに行こうと、日菜子は朝六時に起き出した。目覚まし時計を止め、勝負服に着替えてから、アコーディオンカーテンを開く。部屋の向こう側では、兄が珍しく起きていて、布団をかぶったままスマートフォンをいじっていた。

「今日も行くのか」

「うん。交通費しかかからないし、別にいいでしょ？」

「やめといたほうがいいと思うぞ」

「どうして？」

「これ、日菜が寝てる間に配信されてたネットニュース。まだ見てないだろ」

ベッドに寝転がったまま、兄がスマートフォンを差し出してくる。日菜子は訝《いぶか》しがりながら近づいていって、スマートフォンを受け取った。

画面の文字を読むなり、「がぁっ！」というつぶれた蛙《かえる》のような声が出た。

「どっから出てくるんだよ、その声……」

「お兄ちゃん！　え、嘘だよね？　ドッキリでしょ？」

「ネットニュースのサイトを自作してまでお前を引っかけるメリットはないな」

日菜子は呆然と立ち尽くし、画面に表示されている見出しを見つめた。

『瀬川萌恵、巷で人気の外国人力士と堂々不倫！』

雑誌にしか載っていないのか、写真の掲載はない。しかし、見出しと本文だけでも、日菜子のハートを木っ端微塵《みじん》にするには十分だった。力欧泉と瀬川萌恵が腕を組んで相撲部屋の近所にあるレストランに入っていくところを、ばっちり週刊誌のカメラマンがレンズに収めたらしい。力欧泉は独身だけれど、瀬川萌恵は三年前に脚本家と結婚していたはずだから、二人が密会していたとすれば立派な不倫だ。

何より――この瀬川という女性を、日菜子は知っていた。

昨日稽古場で話した彼女が大きなマスクをつけていたのも、目がぱっちりとしていて綺麗だったのも、どこかで会ったことがある気がしたのも、やけに力欧泉の一日の行動に詳しかったのも、すべて――。

彼女が、日本で知らない人はない、今をときめく超人気女優だったからだ。

そして、瀬川と名乗った彼女が、力欧泉の恋人だったからだ。

「瀬川萌恵があんなところにいるなんて普通思わないよぉ！」

日菜子が大声で叫ぶと、兄が目を丸くしてガバッとベッドから起き上がった。

「日菜、もしかして、セガモエと会ったのか？」

「会っちゃった……」

「まじかよ！」

動揺したのか、兄が危うくベッドから転げ落ちそうになった。もしかしたら、瀬川萌恵のことがひそかに好きなのかもしれない。そういえば、今やっている連続ドラマも、毎週テレビにかじりつくようにして見ている。

百貨店の婦人服売り場で働くしがない女性店員が、嫌な同僚や上司を次々と蹴散らして会社の中でのし上がっていくという、爽快感を売りにしているドラマだ。そういえば、テレビをよく見ている母が主演の瀬川萌恵をえらく褒めていた。「知り合いのアパレル店員に取材して役作りをしたんだって」というその言葉のとおり、瀬川萌恵のリアルでひたむきな演技は世間でも高い評価を受けているようだ。

「セガモエとどこで会ったの？　稽古場で？　どんな人だった？　顔小さかった？　話した？」

興奮した兄が矢継ぎ早に質問を投げかけてくる。そんな兄に無言でスマートフォンを突き返し、日菜子はよろよろと自分のスペースへと戻った。

「おい、ちょっと待てって！」

兄が引き留めようとするのを無視し、アコーディオンカーテンを閉めた。

そのまま、ベッドへとダイブする。

──嫌だよ。

ニュースを見てしまった今、これから八重島部屋の稽古場に向かう気力はさすがに起きなかった。

──信じられないよ。嘘って言ってよ。

恋人がいることが発覚したとか、そういう試練なら乗り越えられる。それが推しにとっての幸せなら、ファンである日菜子も全面的に応援するべきだからだ。

だけど——不倫となると、話は別だった。

そのまま、ベッドの上でぐるぐると考え続けた。窓の外で太陽が高く昇っていき、部屋の中がだんだんと暑くなってくる。

梅雨《つゆ》入り前の太陽は容赦なく室内の気温を上げ続けた。まだ布団の中でうじうじと悩んでいたかったけれど、蒸し暑さが日菜子をベッドから追い出した。Tシャツにスウェット生地のショートパンツという服装に着替え、力なくアコーディオンカーテンを開く。兄も同じ思いをしていたのか、ちょうどベッドの上で起き上がって、階下に向かおうとしていた。追掛家では、冷房をつけるのは家族が集うリビングだけと決められている。

「寝込んでたの？　ダメージ受けすぎ」

「お兄ちゃんがあんなニュース見せるからだよ」

「相撲部屋に向かう電車の中で読んだほうがショックだっただろ。そうだ、最新のニュース見た？」

「……見てない」

「瀬川萌恵の所属事務所は『そのような事実はございません』っていうお決まりのコ

メントを出してる。一方、力欧泉サイドは『恋愛は本人の自由です』だって。こういうときって大抵クロだよな。まあそもそも、日菜が相撲部屋で瀬川萌恵を目撃したっていうのが何よりの証拠なんだけど」

兄はなぜか生き生きとしていて、「写真、撤去するの手伝ってやろうか？」と壁を指さしながら尋ねてきた。剝がしたくて仕方がないらしい。

「お兄ちゃんは、瀬川萌恵が不倫したってニュース、ショックじゃないわけ？」

「まあ、それなりにな。でも、所詮テレビの中の人だろ。たったそれだけのことでショックを受けて寝込んでしまうお前のほうがおかしい」

そうは言っても、兄に言われるがまま写真を片付けるのは癪《しゃく》だった。まだ、力欧泉の追っかけをやめると決心がついたわけでもない。

それに――一つ二つ、気になっていることがあった。

「ねえ、お兄ちゃんって、車の運転できる？」

「へ？　まあ、去年免許は取ったけど」

「あと、瀬川萌恵が出てるドラマの舞台ってどこか知ってる？」

「『百貨店の女』のこと？　それなら、新宿のデパートじゃなかったかな」

「撮影用のセットじゃなくて、ちゃんと現地で撮ってるのかなぁ」

「たぶん現地。ロケ現場から出てくるキャストを見ようと人がたまに集まってるって、新宿の居酒屋でバイトしてる友達が言ってた。たぶん開店前か閉店後に撮影してるんだと思う」

「そっか、新宿かぁ……」

日菜子は手にしていたスマートフォンで地図アプリを開き、経路を検索した。表示された所要時間を確認し、「よしっ」と頷く。

「もしかすると、もしかするかも。お兄ちゃん、レンタカー手配しといて」

「は?」

「検証に必要なの。私は計画を練るから、お兄ちゃんはとりあえず手続きをよろしく。今日、暇だよね?」

「え、まあ、予定はないけど――」

「じゃ、一時間後に出発ね!」

日菜子はくるりと回れ右をし、勉強机の前に座ってノートパソコンを立ち上げ始めた。後ろで「検証って何だ、きちんと説明しろ!」と叫んでいる兄の声が聞こえたような気がしたけれど、その質問に答えている時間は露ほども残されていなかった。

――ええっと、こっちがアクセルで。

運転席の足元を覗き込みながら、ペダルに足をそっとのせて確認する。

――こっちがブレーキか。

免許は確かに持っている。しかし、運転ができるとは言っていない。ましてや、新宿のような都会中の都会をタクシーのごとく自在に走れるとは、一言だって口にしたことがない。

初めて自分一人で借りたレンタカーの内部を点検しながら、翔平は緊張で手汗がひどくなっていることに気がついた。当の日菜子は、「お兄ちゃん、運転できたんだね。初めて見た」などとのんきにと言いながら、助手席の背もたれを倒したりダッシュボードの収納を開けたりしている。

「で、俺たちはどこに向かうわけ？」

窓の外は、休日で賑わっている新宿の大通りだ。ハザードランプをつけてとりあえず路肩に停車してみたが、警察に注意されないかと気が気ではない。教習所で習った交通ルールはうろ覚えだった。

「葛飾区にある、八重島部屋だよ。ここから車で四十分くらいかな」

「新宿から葛飾？」嫌な予感がして、翔平は腕を組んだ。「首都高に乗れとか、言わないよな」

「え、乗らないの？　まあ、地図アプリによると、乗っても乗らなくても所要時間は五分くらいしか変わらないみたいだけど」

「それなら下道《したみち》で行く。絶対にな」

ペーパードライバー殺しで有名な、かの首都高速道路に挑戦する勇気はこれっぽっちもない。

「まあ、いいよ。なるべく急いで来てね。ナビは設定しといたから。じゃ、またあとで！」

「おい待て」車を降りようとレバーに手をかけた妹を、翔平は慌てて呼び止めた。

「日菜は一緒に行かないのか？」

「行かないよ。お兄ちゃんが車で、私は電車と徒歩」

「いやいやいやいや、どうしてそうなるんだ」

新宿から葛飾までの都心横断コースをたった一人で走り切らなければならないと知

り、急に心臓の鼓動が速くなってきた。

「そっか、説明しとかないとね」

日菜子はあっけらかんと言い、計画の詳細を話し始めた。

「あのね、週刊誌の報道が、どうしても納得できないの。あれ、六月四日って書いてあったでしょ。四日っていうと、この間の月曜日だよね。その日、瀬川萌恵は新宿でドラマの撮影があったんじゃないかって考えたんだ」

日菜子は指先で助手席の窓をトントンと叩き、外にそびえ立つデパートの建物を指し示した。

「『百貨店の女』は四月スタートの連続ドラマでしょ？　ってことは、六月いっぱいで放送終了だよね。だったら、この間の月曜の段階では、もしかするとまだクランクアップ前だったんじゃないかって。新宿のデパートで撮影をする場合、人が少ない月曜は狙い目だしね」

家を出るまでの一時間で、日菜子はドラマの撮影スケジュールを調べ上げたのだという。まず、瀬川萌恵がクランクアップを迎えたというニュースが出ていたのは、おとといの六月八日だった。つまり、やはり四日の時点では、まだ新宿で最終話の撮影をしていた可能性が高い。

また、翔平が言ったように、撮影時間は開店前か閉店後、もしくはその両方だろうという仮説を立てた。それを立証するため、ツイッターやインスタグラム、ネット上の掲示板などで六月四日の投稿をひたすら追った。その結果、『新宿』というキーワードとともに、瀬川萌恵をはじめとする出演キャストの名前がいくつか検索で引っかかった。その中で一番多かったのが、デパートの閉店時刻である午後八時頃と、深夜二時過ぎだった。『やべ、新宿でセガモエ発見』『百貨店の女の撮影現場、新宿だったんだ。超美人！』というような、表現をぼかしてはあるものの確実に目撃証言と分かる投稿が、一定数見つかったのだ。

「つまり、六月四日には、撮影は午後八時から深夜二時くらいまで行われていたってことになるよね。それだとおかしいの。日の暮れた時間に葛飾区内のレストランから出てきたっていう週刊誌の記述と合わない」

「ん？　そうか？　いくら六月だからって、日の入りは十九時前くらいだろ。一時間あれば、葛飾から新宿への移動はできるよな」

「ううん、違うの。確かに、六月四日の日の入りは十八時五十三分なんだけど、『日がすっかり暮れた時間』とは言えないよ。だって、あたりが暗くなるのは、日没から四十分を過ぎてからだもん。日没から四十分後までは、『市民薄明』っていって、人間の目でも明るさがはっきり分かる時間帯なんだって。その後は『航海薄明』っていう、水平線を見分けられるかどうかの暗さになるの。つまり、空が真っ暗になったのは、少なくとも十九時半以降のはず」

「なんと」

その知識はなかった。言われてみれば、確かに最近はそのくらいまでほのかに空が明るい気がする。

――というか、どうして妹は、こういうときだけ急に頭が冴《さ》えるのだろう。

「だから、確かめないといけないの。瀬川萌恵が、本当にあの日、力欧泉と一緒にレストランに入っていたのか。本当に不倫なんかしていたのか」

「お、おう。実証実験をするってわけだな」

「今、三時十分だね。じゃあいくよ。よーい、どん！」

「え？　もうスタート？」

慌てる翔平を無視して、日菜子は助手席のドアを閉め、駅の方向へと駆けていってしまった。最短時間を計るために、なるべく徒歩時間を減らすつもりらしい。

妹がその気なら、こっちも安全運転に甘んじることはできない。

「よーし、やってやるぞ」

ハンドルを力強く握りしめると、急に闘志がわいてきた。緊張と興奮に震える手でハザードランプを消し、右方向にウィンカーを出す。

翔平は、水色の軽自動車を勢いよく発進させた。


信号無視をしそうになったり、車線変更のタイミングが直前になりすぎてクラクションを鳴らされたりと、様々な危険を回避しながらなんとか都心を横断し終えた翔平は、最終的に、道が狭い住宅街のど真ん中で立ち往生することになった。

――着いた？

ナビはとっくに音声案内を終了してしまった。どうやったら日菜子と落ち合えるのか、どこが相撲部屋なのか、さっぱり分からない。

時刻は、三時五十分だった。かかった時間は四十分。当初ナビの到着予定時刻が三時五十三分だったことを思えば、我ながらよくやったと思う。

ポケットからスマートフォンを取り出し、『今着いたけど、日菜どこ？』とメッセージを送る。すぐに電話がかかってきた。応答ボタンを押して耳に当てると、息の上がった声が聞こえてきた。

『あのね、今、駅からそっちに向かって走ってるの。さっき駅に着いたばかりで、その時点で出発から三十五分以上経ってたから、やっぱり仮説は正しかったんだと思う。十九時半以降に移動を開始して、二十時前後に新宿のデパート近くで目撃されるのは、やっぱり無理があるよ。道路だって、夜のほうがもっと混んでるだろうし』

「つまり、六月四日の夜に二人が葛飾区のレストランから出てきたっていう週刊誌の報道は間違ってるってこと？」

『そう。あの日、瀬川萌恵はきちんと撮影現場に行ってたんだよ。週刊誌の記者側に悪意があるのかないのかは分からないけど、不倫なんかしてなかった。たぶん、写真を撮られたのは別人なんじゃないかな。そういうの、よくあるし』

「でも、待てよ。日菜が朝稽古を見に行ったとき、そこに瀬川萌恵がいたのは事実なんだろ。であれば、六月四日の夜に会っていなかったとしても、力欧泉と瀬川萌恵が直接の知り合いである可能性は高いよな。二人が不倫をしたことがないと断定するのは難しいんじゃないか。もしかしたら、記事に書かれた日付が間違いだっただけかもしれないし」

『大丈夫。だいたい、もう分かったから』

荒い息遣いの中に自信をにじませながら、日菜子が答えた。

『お兄ちゃん、ご協力ありがとう。けっこう運転上手いみたいでびっくりしたよ。じや、また家でね！』

「あ、ちょっと待て。そのへんにいるならすぐに来てくれ。道の真ん中で立ち往生してるんだ。あと、レンタカー代は——」

プチ、と通話が途切れた音が翔平の耳に届く。

「おい日菜！」

翔平は怒りの声を上げ、もう一度妹に電話をかけ直そうとした。

コンコン、と窓を叩かれた音がして、翔平は顔を上げた。中年女性が車の中を覗き込んでいて、「あのぅ、うちの車を出したいんだけれども」と大声で言っている。指し示された方向を見ると、翔平が停《と》めた軽自動車が、すぐ横の家の駐車場を塞いでしまっていた。

「すみません！」

慌てて謝り、そろそろと車を発車させる。

「おい日菜ぁ！」

車の中で、翔平はもう一度、心の底から叫んだ。

＊

六月下旬の湿気が稽古場をじっとりと覆っていた。身体を動かしている力士たちばかりでなく、壁に沿って座っている見学客の額にも、じっとりと汗がにじむ。

比較的細身の力士たちが身体をぶつけあう中で、日菜子はちらちらと入り口の方向を窺っていた。相撲の朝稽古は、番付が低い力士から行う。午前七時半現在、稽古場にいるのは幕下以下の力士だけで、関脇の富士ノ春や前頭の力欧泉をはじめとする関取勢はまだ出てきていなかった。そのせいか、見学客も日菜子のほかに三人程度しかいない。

先週末、瀬川は稽古場に姿を現さなかった。マスコミがうろうろしていたから、近づくことができなかったのだろう。だけど、不倫騒動から二週間が経って、今日はもう怪しい人間はいなかった。

――お願い、今日こそは。

明日からは、七月場所が行われる名古屋へと力士たちが移動してしまうため、この相撲部屋での稽古はしばらく見られなくなる。本当は行きたいところなのだけれど、日菜子の手元には、あいにく名古屋への遠征費用を賄《まかな》うだけの貯金がなかった。ダメ元で兄に頼んでみたものの、「レンタカー代を踏み倒してることを忘れるな」と逆に代金を請求される羽目になった。

だから、今日という機会を逃したくなかった。しゃがんだ膝の上で組んだ両手に力を込め、祈るような気持ちで瀬川が姿を現すのを待った。

関取の稽古開始時間である午前八時が迫り、見学客が増え始めた頃——マスク姿の女性が、入り口の扉から顔を覗かせた。

日菜子は慌てて立ち上がり、緊張を抑えながら手を振った。瀬川は一瞬目を丸くしてからにこりと微笑み、ゆっくりとこちらに向かって歩いてきた。

「また会えて嬉しいです」

稽古の邪魔にならないよう、声を潜めて話しかける。瀬川は形の整った目を細め、「私も」と囁き声で言った。

「びっくりしましたよ。瀬川さんって、あの瀬川さんだったんですね」

「そのことは、あんまり言わないで」

瀬川はほんの少し眉を寄せ、周りへと視線をやった。いくら週刊誌で報道されたとはいってもまさか稽古場に人気女優が姿を現すとは思っていないのか、他の見学客が瀬川に注目している様子はなかった。日菜子だって、瀬川が自ら名乗っていなければ、今の今まで何も思わなかったかもしれない。

あくまで〝普通〟を装って、日菜子は話を続けることにした。

「まだ、力欧泉は出てきてないですね」

「そうみたいね。意外と、いつも時間ギリギリだから」

「でも、近くにはいるはずですよね。舞台袖というか、えーと、バッ、バッ——」

「バックヤード？」

「あ、そうです。すぐそのへんに待機してるんじゃないかと思って」

日菜子が大きく頷くと、「ここはただの練習場所だから、バックヤードも何もないよ」と瀬川は相好を崩した。「本場所の会場ならともかくね」と可笑しそうに口元に手を当てる。

「本場所かあ。国技館、まだ行ったことないんですよね。今度、お土産だけでも買えないか偵察してきます。瀬川さんは、グッズとか持ってるんですか」

「グッズ？」瀬川が首を傾げる。「絵番付《えばんづけ》とか、タオルとか？」

「じゃなくて、フィギュア、とか」

「ええ！　あれ、ものすごく高いよ」

「いくらくらいですか？　プロパーで」

「一万円ちょっと、かな」

瀬川の答えを聞き、「それは高い！」と日菜子は頭を抱えてみせた。「キャリー品が安くなるとか、そういうのはないんですよね」と絞り出すような声で尋ねると、「面白いこと言うね。相撲グッズは頻繁に新しくならないから」と瀬川がさらりと答えた。

――やっぱり。

「あの、瀬川さん」

確信を強めた日菜子は、周りに聞こえないよう、瀬川の耳元に口を寄せた。

「下のお名前は、何ですか」

「え？」

「お姉さんか、もしくは妹さんですよね。瀬川萌恵さんの」

瀬川の動きが一瞬停止した。マスクと前髪の間から覗いている目が大きく見開かれ、日菜子の顔をまっすぐに捉える。

「……どうして分かったの？　萌恵は、姉がいることを公表していないのに」

「ってことは、瀬川さんがお姉さんで、女優の萌恵さんが妹なんですね」

数秒間の沈黙の後、「そう」と瀬川が小さく頷いた。

「下の名前は、彩恵《さえ》っていうの」

瀬川彩恵と、瀬川萌恵。いい名前だな、と日菜子は考えた。

「確かに、目だけ見ればとてもよく似ています。声も、かな。二週間前にここで会った直後に週刊誌の報道を見たので、すっかり騙《だま》されちゃいました。でも、いろいろと、引っかかることがあったんですよね」

幕下以下の力士たちがそろそろ練習を終わろうとしているのを眺めながら、日菜子は週刊誌に書かれていた『日がすっかり暮れた時間』という言葉と撮影スケジュールとの矛盾について話した。あの時間に、瀬川萌恵が葛飾区の八重島部屋付近に現れることなどできるはずがないこと。

つまり、力欧泉とレストランから出てきたところを写真に撮られたのは、よく似た、別人に違いないということ。

「そんなこと、よく気がついたね。あの記事にそんな穴があったなんて……当事者なのに、全然分からなかった」

瀬川彩恵が驚いたように呟いた。

「それだけじゃないんです。最初に話したときから、ちょっと違和感がありました」

「違和感？」

「はい。言葉の癖があるな、って思って」

初めから、そういう業界で仕事をしている人なのかな、という漠然とした印象はあった。

機会ロス。

シーズン。

普段から言い慣れた言葉でなければ、普通、相撲の話をしているときにそんな横文字は使わないだろう。

そして、最新ドラマで瀬川萌恵が演じていたのが百貨店でのし上がる女の役だったことを思い出したとき、すべてが繋がった。

「前回、稽古の終盤で力欧泉が富士ノ春に勝ったとき、彩恵さんは『そろそろ一番かな』って呟いていましたよね。私、てっきり、この相撲部屋で力欧泉が一位になるのも遠くないって意味なのかと思ったんです。でも、そうではなかったんですよね」

あのときは、変な独り言だな、としか思わなかった。でも、後からインターネットで調べてみて、勘違いをしていたことに気がついた。

「アパレル業界では、休憩時間のことを、前から順番に『一番』『二番』『三番』って呼ぶんですね。例えば、最初のお昼休憩が『一番』、次の五分のトイレ休憩が『二番』、みたいな感じで」

お店にいるお客様の目の前でトイレや食事という単語は出せないから、「一番入ります」「三番行ってきます」というような隠語を使うのだそうだ。確かに、以前派遣のバイトで初売りの福袋合戦にスタッフとして参加したとき、販売員のお姉様方がそんな言葉を使うのを聞いたような気がしないでもない。

「つまり彩恵さんが言った『そろそろ一番かな』というのは、『そろそろ休憩の時間かな』ってことだったんですよね」

力士の一日は、稽古のほかは食事と自由時間で構成されている。普通に言い表そうとすると、『稽古と昼食の間の風呂休憩』『昼食と夕食の間の自由時間』『夕食後就寝までの自由時間』など、端的に示すのが難しい。瀬川彩恵が、自身が働くアパレル業界の慣習に則《のっと》って、力欧泉のスケジュールを番号で把握していたとしても、もしくはそれを恋人との間だけで通じる符丁として使用していたとしても、何らおかしい話ではなかった。

女優の瀬川萌恵は、ドラマ『百貨店の女』で婦人服売り場の店員役を演じるにあたって、自ら知り合いに取材をしたと話している。その知り合いの販売員というのが実の姉だったとしたら、些細《ささい》なことでも気軽に訊きやすかったのではないだろうか。

「店舗内で売り場ではない場所」を示す「バックヤード」、「正規の価格」を意味する「プロパー」、「シーズンを過ぎたが引き続き売り続ける商品」を意味する「キャリー品」。先ほど日菜子がわざと仕掛けたおかしな会話がスムーズに繋がったのは、瀬川と名乗った女性が本物のアパレル店員だったからに他ならない。

「確かに、私はアパレル業界の人間だよ。都内のショッピングモールに入ってるアパレルショップで、店長をやってるの。日菜子ちゃん、すごい洞察力だね。本当に女子高生？」

瀬川彩恵は、心底感心したように言い、日菜子の顔を覗き込んできた。

「週刊誌の記者さんにも妹だと思い込まれちゃったみたいだし、そもそも昔からマスクをするとよく妹に間違えられてたから、まさかこんなところで言い当てられるとは思わなかったなあ」

「紛らわしくなるのが分かっていたなら、どうしてマスクをつけたんですか。風邪を引いているわけではなさそうですよね。予防とか、ですか」

恐る恐る尋ねると、瀬川彩恵は「うーん」と首を傾げ、自嘲気味に笑った。

「鼻や口の形を隠していたほうが、妹に似て可愛く見えるから、かな。昔から、姉妹で一緒にいるときに妹だけが顔を褒められることが多くて。それが悲しくて、普段からマスクをつけっぱなしにするようになったの」

そういう答えも、一応想定してはいた。今の時代、まさに日菜子のような若い世代を中心に、マスクはファッションの一部として定着してきている。こうやって夏でもマスクをつけている女性は、顔を隠してくれる安心感からマスクというグッズに依存している場合が多いと、以前テレビで特集が組まれていたのを見たことがあった。

「今回、妹が私の存在を隠してくれてるのも、たぶん、私を表に引っ張り出すような事態を避けるためなんだよね」彩恵が肩を落とし、ため息交じりの声で言った。「妹が大人気女優って分かってしまったら、私の顔の造形に対するハードルも上がっちゃうでしょ」

ようやく、すべての謎が解けた。大人気女優という地位が危うくなるにもかかわらず、瀬川萌恵が「あれは私じゃなくて顔のよく似た姉です」などと主張しないのは、一般人である姉のプライバシーを守るためだったのだ。

「でも、それだと妹さんが気の毒ですよね。力欧泉もかわいそうです。本当は、不倫なんかしていないのに」

「うん。あんなことになっちゃって、申し訳ないなって思ってる」

瀬川彩恵はしゅんとした顔をして、小さくため息をついた。その様子を見て、日菜子の中で、使命感のようなものがむくむくと頭をもたげてくる。

日菜子は勢いよく席から立ち上がった。

「だったら、任せてください」

「え、何を？」

彩恵が慌てた様子で日菜子の腕をつかんだ。日菜子は彩恵の手をそっとどけて、彼女の両肩に手を置いた。

「妹さんの疑惑がきちんと晴れて、彼氏さんの名誉も回復できるように、私が何とかしてみせます」

「そんな、大丈夫だよ。何とかするって、どうする気？」

「さっき話した証拠をツイッターに載せて、拡散するんです。今の時代、ＳＮＳはマスコミにも対抗できるくらいの発信力がありますから。絶対、妹さんの不倫疑惑は晴れます！」

日菜子は彩恵の両手を握り、大きく頷いてみせた。

車や電車での移動時間の矛盾は一つの証拠になるだろう。だが、それだけでは一笑に付されてしまうかもしれない。それならば、週刊誌に掲載された写真と瀬川萌恵の写真の目元や輪郭を比較して別人であることを立証し、さらにその画像をツイートに添付して大勢の人に見てもらえばいい。日菜子が持っている複数のアカウントすべてで元のツイートをリツイートすれば、たちまち数千人ものユーザーに情報が広がるはずだった。

SNS上で、いいかげんなマスコミの報道に対して、反旗を翻すのだ。それくらいのことなら、日菜子のような一般人でも簡単にできる。

「お願い、日菜子ちゃん。それはやめて」

苦しそうな声が彩恵の口から漏れた。日菜子は驚いて、「どうしてですか」と目を瞬いた。

「萌恵が、これ以上騒ぎになることを望んでいないから」

「萌恵さんが？……どうしてですか」

「難しい問題なんだけどね。こういうときって、当事者が躍起になって否定すればするほど、報道が過熱するでしょう。SNSも同じ。日菜子ちゃんのような人が真実を伝えようとしてくれるのはありがたいけど、もしその投稿が拡散されたら、瀬川萌恵が本当に不倫をしていたかどうかっていう大論争が巻き起こるよね。そうやって、このことを話題にする人がどんどん増えていって、いろんな人の頭にマイナスイメージが刷り込まれてしまうことを、萌恵は一番恐れているの」

彩恵は一つ一つ、言葉を選ぶようにゆっくりと話した。

「週刊誌に撮られたのは萌恵じゃなくて私だったってことは、萌恵の旦那さんももう知ってるんだ。今度、彼と私の二人で、きちんと謝りにいくことになってる。だから──今日私と話したことは、日菜子ちゃんの胸の中にとどめておいてくれないかな。平穏を望んでいる、萌恵のためにも」

日菜子は顔を赤くし、俯いた。

──なんて安直な発想だったのだろう。

義憤に駆られて瀬川萌恵や力欧泉の名誉挽回《ばんかい》をしようとした自分が恥ずかしかった。彩恵は、大女優である妹のことを深く心配し、思いやっている。彩恵の真剣な目からは、そのことがよく伝わってきた。

「勝手なことを言ってごめんなさい。ツイッターに書くのはやめておきます」

日菜子は小さくなって、ぺこりと頭を下げた。「ありがとう」と彩恵が安心したような笑みを浮かべる。

顔を上げて席に戻ろうとしたとき、いつの間にか周りの見学客や練習中の幕下力士の視線を集めていたことに気づいた。終始小声で話していたから内容までは伝わっていないだろうけれど、迷惑な客だと思われたのか、顔をしかめている人が何人もいる。

かあっと顔が熱くなった。

そのとき、入り口の引き戸がガラガラと横に滑り、大柄な裸の男性が幾人も稽古場に入ってきた。

そのうちの一人と目が合った瞬間——日菜子の心臓は、大きく飛び跳ねた。

丸くて白い、マシュマロのような巨体。

部屋に幾百と貼られている、あの優しげな顔が、日菜子のほうへとまっすぐに向けられていた。日菜子が立ち尽くしている姿を不審に思ったのか、ちょっと目を丸くしてから、にっこりと天使のような笑みを浮かべる。

「コンニチハ。キョウモ、キテクレテアリガトウ」

力欧泉が近づいてきて、片言の日本語で話しかけてきた。

途端に、頭が真っ白になった。日菜子は、「え、あ」としどろもどろになり、ようやく浮かんだ「ドブリーデン！」という最も基本的な挨拶の言葉を叫んだ。相手の顔も見ずに頭を下げ、力欧泉の脇をすり抜けるようにして見学席を抜け出す。そのまま、走って稽古場の外へと飛び出した。

もう、耐えられなかった。大勢の人の注目を浴びてしまった上に、推しに突然話しかけられたのだ。とても心臓がもたない。

――どうしてだろう。

チェコ語で自己紹介をするところまでは完璧に覚えたはずなのに、大事なときに全部頭から飛んでしまう。

次に話しかけてもらえたときには、「いつも応援してます。認知ください！」くらいはチェコ語で言えるようになっておこう――などと胸に誓いながら、日菜子は早足で駅へと歩いた。

相撲部屋の敷地を出るときに、楽しそうにお喋りをしながら稽古場へと向かっていく三十代くらいの女性三人組とすれ違った。道に出て、駅の方面へと進むと、同い年か少し年上くらいの若い女性の四人組と出くわした。スマートフォンの地図を見ながら、辺りをキョロキョロと見回している。

「すみません、八重島部屋ってどこだか分かりますか？」

突然呼び止められて、日菜子はびくりと肩を震わせた。「あっちです」と恐る恐る答えて後ろを指差すと、女性四人組は「ありがとうございます！」と声を揃え、コツコツとヒールの音を鳴らしながら歩いていった。

――女性ファン？

推しかぶりを拒否するわけではないけれど、ほんのちょっとだけ複雑になった。

大人気女優との不倫が噂されてしまった力欧泉の知名度は、今や横綱や大関に匹敵する。稽古場に行けば毎回最前列を確保できるという状況も、もしかすると、そう長くは続かないのかもしれなかった。

＊

タイトル：みなさん、ごめんなさい

こんにちわ。ブログをよんでくれてありがとございます。
あと、ごめんなさい。大きいニュースになているみたいです。
たくさんの人たちに、「あのシューカンシのきじは、こまるよ。」とおこられました。
めいわくかけました。はんせいしてます。
だからきょうは、かおもじ、えもじ、つかいません。
キンシンです。これから、すもうしかやりません。

いま、なごやの七月ばしょがもうすぐなので、すもうのけいこをいっしょけんめいしてます。

なごやはすきです。いいところ。ういろう、ひつまぶし、おぐらトースト、たいわんラーメン、あんかけパスタ、みそカツ、ぜんぶおいしいってききました。

みんなでたべるものはきまってるので、ぜんぶはたべられません。でも、いつかたべたいです。

日本のたべものは、げんきになりますね。

ちゃんこもすきだし、ほかのもだいすきです。

みなさんは、どうですか？

＊

「ただいま！」

玄関で靴を脱ぎ捨てながら、大きな声を出した。リビングから、「おかえりぃ」という母の間延びした声が聞こえてくる。テレビの音もかすかに聞こえてきた。

そのまま自室へ向かう階段を上っていこうとすると、リビングに続くドアが開き、兄がひょこりと顔を出した。

「おかえり。何、部屋行くの？　顔くらい出せよ」

「あ、お兄ちゃん、あのね、相撲部屋に来てたのは、やっぱり瀬川萌恵じゃなかったよ！　力欧泉と写真を撮られたのは、瀬川萌恵のお姉さんだったの。本当はツイッターとかで証拠を拡散して週刊誌の記事が事実無根だってことを世間にアピールしようと思ったんだけど、そっとしておいてほしいってお姉さんに釘《くぎ》を刺されちゃった。あ、それでね、今日稽古見学に行ったら女性ファンがたくさん来てたから、いったい力欧泉のファン層がどれくらい拡大してるのか、今からパソコンでリサーチしようと思って——」

「おい、日菜！　人の話を聞け」

兄に強い口調で言われ、日菜子ははっと我に返った。どうやら、兄は何度も日菜子の名前を呼んでいたようだった。

「谷口ヨシユキと瀬川萌恵が離婚したって、ワイドショーで大きく取り上げられてるぞ」

「えっ、離婚？」

階段の三段目に足をかけたまま、日菜子は絶句した。

「今テレビでやってるから」

兄に腕をつかまれ、引っ張られるようにしてリビングへと向かう。

『いやぁ、驚きましたねえ。谷口ヨシユキさんのコメントによると、週刊誌報道の内容が事実であることを瀬川萌恵さんが認めたと』

『もう、ショックですよ。谷口さんって、いろんなところで萌恵さん愛を公言していたじゃないですか。お会いするたびにのろけていて、萌恵さんのことが好きで好きで仕方ないみたいで。誕生日や記念日には必ず萌恵さんの望む場所に旅行に連れていってあげて、旅行先で大きなバラの花束を渡してお祝いしているんだと言っていましたよ。プライベートではいつも一緒に行動しているようでしたし。てっきり、おしどり夫婦だとばかり……ねえ』

『もしかすると、その愛が瀬川さんにとっては重荷になっていたのかもしれないですねえ。谷口さんとは年齢差もありますから。あ、もちろん、不倫をかばうつもりはないですが』

『まあ、瀬川さんはまだ二十七歳ですからね。谷口さんは四十五歳ですか』

――瀬川萌恵が、不倫の事実を認めた？

ワイドショーの出演者のやりとりを呆然と見つめていると、兄が怪訝な声で尋ねてきた。

「力欧泉と付き合ってる女性は別人じゃなかったのか」

「そうだよ。瀬川萌恵のお姉さんの、瀬川彩恵さん。さっき八重島部屋の稽古場で本人に会って、ちゃんと確認してきたんだよ。あれは不倫じゃなくて、週刊誌の記者が間違って彩恵さんのことを撮影しただけだって。瀬川萌恵の旦那さんも、そのことをもう知ってるって。そう、言ってたのに――」

そこまで言って、日菜子は「まさか」と両手で口を覆った。

いろいろなことが、頭の中を駆け巡った。

週刊誌に掲載されていた写真。

先ほど稽古場で見た、彩恵の真剣な表情。

にこやかな笑顔を浮かべていた力欧泉。

道を尋ねてきた女性四人組。

驚いた顔をしていた、ワイドショーの出演者。

「全部……策略だったのかも」

「策略？」

何も分かっていない様子の兄が首を傾げる。

よく考えれば、おかしいことがいくつもあった。

さっき、日菜子が疑惑を晴らす手助けをすると宣言したとき、彩恵はやけに慌てていた。具体的な方法を聞く前から、「何とかするって、どうする気？」などと消極的な発言をしていた。まるで、日菜子の善意の行動をなんとかしてやめさせたがっているかのようだった。そもそも、今朝日菜子が「瀬川さんって、あの瀬川さんだったんですね」と週刊誌の記事のことをほのめかしたときも、否定するどころか、あたかも瀬川萌恵本人であるかのようなそぶりをしていた。

不倫報道に対する瀬川萌恵の対応も、改めて考えると疑問が残る。たとえ週刊誌に撮られたのが実の姉だという事実を隠したかったとしても、写真の人物が自分ではないことや、その日にドラマの撮影というれっきとしたアリバイがあることまで黙っている必要はないだろう。そもそもあれほどの人気女優なのだから、事務所の保身力がもっと強くてもいいはずだ。公に週刊誌の記事に抗議したり、会見を開いたりと、やり方はいくらでもあるだろう。そして何より、最終的には自ら不倫の〝事実〟を認めたとなると、彼女の言動は明らかにおかしい。

――力欧泉も。

あんな騒動があったにもかかわらず、稽古場で見る力欧泉は常にニコニコと愛想がよかった。女子高生に人気のブログも相変わらず毎日更新されていた。コメント欄がないから炎上することもないし、アクセス数が増えたことを意識しているのか、むしろ読者に媚《こ》びるような文章が多くなったような気もする。そして、今朝この目で目撃したとおり、どうやらファンも着実に増えているようだった。ワイドショーで繰り返し報道されたことで、あの笑顔とルックスに魅せられる女性が続出したのかもしれない。

「最初から、グルだったのかも……」

「グルって？」兄が眉を寄せる。

「瀬川萌恵と、お姉さんの彩恵さんと、力欧泉の三人は、最初から共謀してたんじゃないかな。週刊誌の記者を味方につけて、偽の記事を書かせたんだよ。瀬川萌恵に目元がよく似たお姉さんと、その恋人の力欧泉の写真を撮って、瀬川萌恵のスキャンダルってことにして誌面に載せてもらった」

「載せてもらったって……何のために？」

「谷口ヨシユキを激怒させて、離婚を決意させるため。瀬川萌恵は、夫と別れたかったんだよ。そのために、自分が不倫している記事をでっちあげた」

瀬川萌恵ほどの人気女優になると、プライベートの時間は極端に少ないはずだ。そのわずかな自由時間を、自分のことを愛しすぎている夫に束縛される日々。瀬川萌恵は、そんな生活に嫌気がさしていたのではないだろうか。

夫と別れたいと周りに相談しても、女優としてのイメージダウンを恐れる事務所はそれを許さず、もちろん谷口ヨシユキ本人は妻の希望を突っぱねる。気晴らしに外に遊びに出ようとしても、他の男と会うのではないかと疑われ、夫にも事務所にも行動を監視される。

おいそれと外出もできない状況の中、瀬川萌恵が取った行動は、姉とその恋人に助けを求めることだった――。

「瀬川萌恵の姉が協力して、不倫の事実を作り上げたってことか」

兄が目を見開き、眉間にしわを寄せた。そんな兄を見つめ、こくりと頷く。

――今日私と話したことは、日菜子ちゃんの胸の中にとどめておいてくれないかな。平穏を望んでいる、萌恵のためにも。

真剣に日菜子を説得してきた彩恵の表情を思い出す。

あの言葉の真意は、ほかにあったのだ。

すべては、谷口ヨシユキに瀬川萌恵との離婚を決意させるための工作だった。

「でも、それじゃ、力欧泉はただの被害者じゃないか。不倫相手ってことにされて、汚名を着せられて」

「ううん。力欧泉にとってもメリットは大きいはず。最近女子高生の間でじわじわと人気が出てきていたところに、この騒動での知名度大幅アップでしょ。最初こそバッシングを受けていたけど、矢面に立ってるのはあくまで瀬川萌恵だし、ブログでの素直な謝罪が好感を呼んですぐに落ち着いたから、力欧泉本人のダメージはそんなに大きくない。それどころか、今回のことをきっかけにブログに大勢のファンがついたみたいで、ＳＮＳで力士顔文字を使う人も増えてるの。もしかしたら、力士として実力を上げることはもう諦めてて、これを機にタレントにでも転身しようとしてるのかも……」

「まじかよ。売名行為ってことか」

兄の声を聞いた瞬間――急に、膝の力が抜けた。

そのまま床にへなへなと座り込み、両手で顔を覆う。

力欧泉の、可愛らしい〝営業スマイル〟が、まぶたの裏にちらついた。

「そんなの嫌だよぉ」

思わず涙声になる。兄が慌てて「おい日菜、しっかりしろ」と話しかけてきたけれど、もう日菜子には、返事をする気力さえ残されていなかった。

「翔平、また日菜のこと泣かせたの？　ひどいお兄ちゃんねえ」

「えっ、いや違うよ。日菜が勝手に失恋したんだ」

「ほらほら、泣くのは構わないけど、床じゃなくて椅子に座ったらどう？　あ、そうだ、日菜がお相撲にハマってるって言うから、昨日お父さんに頼んで両国で力士チョコを買ってきてもらったのよ。可愛い形のチョコね、気に入っちゃった。紅茶淹《い》れてあげるから、一緒に食べましょう」

「お母さん待って、それは泣きっ面に――」

キッチンのほうから、母が鼻歌を歌いながらやかんに水を入れる音が聞こえてきた。

第三話

天才子役に
恋をした。

コウくんLOVE　@chieda_kou_love

大好きな千枝航《ちえだこう》くんの晴れ姿、ようやく見られそう。人がいっぱい。でも、いい場所が取れました。コウくん、待っててね。可愛い写真をたくさん撮って、アルバムにしてあげる。自宅に持っていくか、郵送するか、どっちにしようかなぁ？　住所の調べはついてるの。ふふふ。

＊

ベッドの上でぼんやりと目を開けた瞬間、ぞくり、と背中の毛が逆立つような感覚に襲われた。

朝方なのか、カーテンの向こうがかすかに薄明るい。その光を頼りに目を凝らすと、天井付近に、白黒の模様のようなものが見えた。

――ん？

枕元に手を伸ばし、眼鏡をかける。もう一度天井へと目をやった瞬間、翔平は「ぎゃあ！」と大きな叫び声を上げた。

白塗りの顔に、青ざめた唇。目の下に大きな黒い隈《くま》を作った上半身裸の少年が、がらんどうの瞳でこちらを見下ろしている。

「日菜！　おい、日菜！」

必死に呼びかけると、アコーディオンカーテンの向こうから、「うーん」という眠たそうな声と、もぞもぞと布団の中で動く音がした。

ベッドから飛び出て、両手で構えのポーズを取り、天井に貼られている幽霊少年の写真からなるべく距離を取る。アコーディオンカーテンの取っ手に手をかけて「開けるぞ」と言うと、「いいよぉ」というちっとも危機感のない返事が聞こえてきた。

勢いよく部屋の仕切りを取り去る。「こら、起きろ」と乱暴な口調で詰め寄ると、妹がぐるぐると布団を巻き込みながら壁に向かって寝返りを打った。

「まだ朝方でしょ？　こんな時間からどうしたのよぉ」

「どうしたもこうしたも、あの写真は何だ。よりによって、俺のベッドの真上に貼りやがって」

「えー、今気づいたのぉ？　昨日の夜に貼ったのに」

「電気消してすぐに寝たから気がつかなかったんだよ」

あの気味の悪い幽霊少年に夜通し見つめられながら寝ていたと考えると、先ほどの寒気がぶり返す。

「いや」

「お兄ちゃん、あれ、何の作品か分かった？」

「映画『怨念』に幽霊役で出てたときの写真だよ。コウくんったら、あんな格好しても可愛いんだからさすがだよねぇ」

「ぜんっぜん可愛くないわ」

「え、ファンの前でひどい発言」

「だったらあんなものを天井に貼るな。俺の安眠を返せ」

憤然と腰に手を当て、共有部屋の中を見回す。

日菜子が今回の推しを追っかけ始めたのは、三週間ほど前のことだった。それ以来、写真は日々増えていて、今や元の壁紙がこれっぽっちも見えないほどに埋め尽くされている。

「にしても、なあ」

「なあに？　文句？」

「いや、力欧泉のときも思ったけど」翔平は目を細め、ミノムシのように布団にくるまっている妹を見下ろした。「お前のストライクゾーンはどうしてそんなに広いんだ」

端整な顔をした俳優や魅惑の歌声を響かせる歌手に熱を上げていると思いきや、たまにこういう変化球を突然投げてくる。この変わり身の早さと好みの幅広さには、どうもついていけない。

今回の日菜子の「推し」は、知名度という意味では舞台俳優や大相撲力士よりも断然高いものの、女子高生が黄色い声を上げながら追いかけ回す相手としては首を傾げざるをえなかった。

「本気で恋してるんだとしたら、わりと犯罪だな。歳の差的に」

「犯罪？」日菜子が勢いよくベッドから身を起こし、ふくれっ面をした。「人聞きの悪いこと言わないで。おじさんが女子高生に手を出したら犯罪だけど、十七歳の女子高生が十一歳の男の子を狙うのはセーフでしょ？　だって、子ども同士だもん」

――出た、謎の持論展開。

こういう自分に都合のいい考え方は、いったいどこから湧き出てくるのだろう。

「っていうか、そもそもリアコじゃないし」

「リアコ？」

「リアルで恋してるってこと。略してリアコ。私が彼を愛でる感情はね、親戚のお姉さんみたいなものなの。本当に可愛くて天使みたいな男の子がいたとして、その子がにっこり笑いかけてくれたら、この子を産んだ親とか、この子と同じ時代に私を生誕させてくれた世界にもう心の底から全力で感謝するしかなくなるでしょ？　できることなら今すぐ死んでこの子の妹に生まれ変わりたいとか、もしくは十数年待ってから娘としてこの世に生を享《う》けるほうがいいかなとか、いろいろ妄想しちゃうでしょ？」

「うん、しないな」

「お兄ちゃんは男だから分からないんだよ」

日菜子がふくれっ面をして、ぷいとそっぽを向いた。

——じゃあ、俺が幼女に熱を上げていたとして、お前はそれを許容できるのか？

そう突っ込みたくなったが、面倒な事態になりそうだからやめておくことにした。

そんな疑問を投げかけようものなら、性的嗜好《しこう》としてのロリコンと純粋なファンとしての恋心の違いについて延々と語られそうだ。

翔平はそっとため息をつき、意図的に話を逸《そ》らした。

「ええっと、この子の名前、何だっけ。んーと……あ、夏野《なつの》颯真《そうま》？」

「違うよ！　千枝航くん。通称、コウくん。岩手県盛岡市出身の神童で、三歳の頃から大河ドラマやアニメ映画の吹き替えで活躍してるの。七歳のときに家族と一緒に上京してきて、九歳のときには子役にしてCM出演数ランキングの男性三位にランクイン。『ナガモリ製菓』とか『四菱《よつびし》電機』のCMが一番有名かな。最近はどちらかというと映画の仕事が多くて、出演作を挙げると——ああ待って、最新作から挙げていくのと代表作から順番に言うのとではどっちがいいのかな、お兄ちゃん決めて！　でも個人的にはあまり知られてない作品のほうがコウくんの良さが——」

「はいはいはい、分かった分かった。千枝航ね」

　翔平はキラキラとした目で語り始めた妹を押しとどめてから、「別の子役とごっちゃになってたっぽいわ」と頭を掻いた。

「もう、ひどいなぁ。夏野颯真くんは、昔からずっとコウくんと人気を二分してきた、コウくんと同い年の子役でしょ」

「ああ、そうだった」

「でも、最近はコウくんの露出のほうが断然多いよ。颯真くんは、六年生になってから大人っぽくなりすぎて人気が落ちちゃったみたい。その点、コウくんはまだまだ無邪気で可愛いから」

「だから日菜は千枝航のほうが好き、と」

「うん！　ホント、見てるだけで癒されるんだぁ」

日菜子がうっとりと壁の写真に目を向け、わざとらしく両手を組み合わせた。

妹のベッド脇に置いてある目覚まし時計に目をやる。時刻は午前五時前だった。九月も二週目に入り、暦の上では一応秋になったはずなのだが、まだまだ日は長い。部屋の中も、冷房なしだとだいぶ暑苦しかった。

六月下旬に力欧泉への恋を終えてから、日菜子はコロコロと推しを変えていた。七月下旬から八月いっぱいは、夏休みだったからか、その周期が特に短かった。追っかけに充てる時間がたっぷりある分、飽きが来るのも早かったのだろう。

丸一日派遣のバイトに入って資金を稼ぐか、朝から晩まで推しとの愛を育むか。夏休みの日菜子の生活は、驚くほど単純な二択から成り立っていた。

その間、共有部屋の壁は目まぐるしく〝模様替え〟を繰り返した。俳優からスポーツ選手へ、スポーツ選手からバンドのボーカルへ、バンドのボーカルから雑誌モデルへ、雑誌モデルからアイドル歌手へ。そして、夏休みが終わりかけた頃、それまでと毛色が異なる写真が貼られ始めた。それが、稀代《きたい》の天才子役・千枝航だった。

翔平が日菜子の推しの名前をきちんと覚えたのは、実に三か月ぶり——大相撲力士の力欧泉以来のことだ。

「今何時？」

「五時前」

「お兄ちゃんナイス！　もともと五時に目覚ましかけてたんだよね。起こしてくれてありがとう」

「ん？　どこか出かけるのか？」

日菜子が早朝から準備を始める、ということは——。

「千枝航に会いに行くんだな」

妹の行動パターンは、もうだいたい把握していた。きっと、これから小一時間かけて化粧をして、全身をお気に入りの服でコーディネートしてから、いそいそと家を出ていくに違いない。推しに会いに行くときは、いつもそうだ。

「映画の試写会か？　それともロケの見学？　お願いだから、須田優也のときみたいなストーカー行為だけはするなよ」

「うん、大丈夫。今日は、コウくんが通ってる小学校の運動会を見に行くだけだから」

「おう、そうか。気をつけて行ってこいよ――って、おい！」

いそいそとベッドから降りて準備を始めようとした妹の腕を、翔平は思わずつかんだ。

「お前、どうして千枝航の小学校を知ってるんだ」

「まあ、それは、いろいろとね。ネットの噂とか」

「子役が通う小学校を特定して、しかもその小学校の運動会の日付まで調べ上げて見に行くなんて――」

しばらく絶句してから、大きく息を吐く。

「――何考えてるんだ。警察に捕まるぞ。あれだけの人気子役がいる学校となると、セキュリティも厳しいだろうし」

「それがねぇ、そうでもないみたいなの。コウくんが通ってるの、けっこう治安のいいところにある、普通の公立小学校だから。ちょっと頭をひねれば誰でも入れちゃう」

頭をひねれば、という部分が引っかかる。妹のことだから、法律のグレーゾーンくらいは平気で侵すつもりでいるに違いない。

「運動会はさすがにやめとけって。イベントやら試写会やらに申し込んで、ファンとして普通に会いに行けばいいだろ。プライベートに踏み込むのはよくないよ」

　翔平は日菜子の腕を強く引いた。すると、「違うの」と日菜子が不意に険しい目をした。

「いくら好きでも、興味本位で小学校の運動会に行ったりはしないよ。でも、今はね、コウくんが危ないかもしれないの」

「ん？　危ないって？」

「誰かに狙われてるかもしれないの。最近、何者かに脅迫されてるみたいでね。だから、コウくんのことを守りに行かないと」

「はあ？　そんなニュース聞いたことないぞ」

「だってどこにも流れてないもん」

「ならどうしてお前が知ってるんだ」

「長くなるから、帰ってきてから話す！」

　日菜子は翔平の手を払いのけ、部屋を出て階下の洗面所へ向かおうとした。「ちょっと待て」と翔平は慌てて声をかける。

「俺もついていく」

「えっ？」

こちらを振り返った日菜子が、ぱちくりと目を瞬いた。

「お前一人だと、暴走しないか心配だからな。今日は一日、そばで監視することにする」

胸を反らし、堂々と宣言する。日菜子は数秒の間こちらを見つめてから、ぷっくりと頬を膨らませた。

「過保護なんだからぁ」

わざとらしい声で言い、「じゃ、準備するから待っててね。出発は七時だよ」とひらひらと手を振った。

「七時ぃ？　まだ二時間もあるじゃないか」

「そのくらいは普通にかかるの。あと、今日の現場の近くで美容院も予約してるから。ヘアセットする間、お兄ちゃんは待機ね」

——ヘアセットぉ？

有名子役とはいえ、たかが小学生男児のためにそこまで一生懸命になる気持ちはさっぱり理解できない。身なりを整えるのにこれだけの時間と労力をかけるなんて、つくづく、女子というのは大変そうだ。

鼻歌を歌いながら階下へと降りていく日菜子を見送ってから、翔平はのろのろと自分のベッドへと戻り、再びごろりと寝転がった。

なんだか、今日は忙しい一日になりそうだった。

＊

電車の中で、翔平はドギマギしながら日菜子の隣に腰を下ろした。

同じ車両に乗っている数名の男性が、ちらちらと日菜子に視線を向けているのが分かる。十一歳の推しに会うために化粧をばっちり施した日菜子の顔は、兄の自分でも平静を失うくらい——なんというか、艶《あで》やかだった。

——普通に生きていれば、彼氏の一人や二人できただろうに。

大学二年生にして彼女いない歴イコール年齢の翔平としては、もちろん妹に先を越されることは避けたい。だが、なんだか複雑な気持ちになるのも事実だった。

端的に言って、少々、もったいないのではないか。

「どこまで乗るの？」

そういえば千枝航の小学校がどこにあるのか聞いていなかった。日菜子はスマートフォンに視線を落としたまま、「横浜駅」と答えた。この路線の終着駅だ。

「その後は？」

「東海道線で藤沢駅まで行く。そこから小田急線で二駅」

「だいぶ遠いな」

「そうねぇ、一時間くらい？」

千枝航の小学校は、神奈川県藤沢市内の公立小学校だと日菜子は説明した。藤沢というと湘南の海のイメージが強いが、目的地は藤沢駅よりも北側で、海からは遠いらしい。

「千枝航がその学校に通ってるのは、有名な話なのか」

「ううん。神奈川県内とか湘南地域って噂はあるんだけどね、具体的な学校名までは出てないみたい。だけど、裏技を使ったら分かっちゃったんだぁ」

「裏技って？」嫌な予感がする。

「小さい頃から活躍してる子役って、大抵、母親の意向で芸能界入りしてるでしょ？子役本人よりも、母親のほうが華やかな世界に興味があるというか——ちょっと、自意識が強いんだよね。夏野颯真くんの母親がいい例かも。息子の代わりに自分がブログを更新したりして、まるで芸能人みたいに振る舞ってるんだよ」

「まあ、そういう傾向はあるかもしれないな」

「その点、コウくんママは、公にブログやSNSをやってるわけじゃないの。でも、たぶん、息子のことを何かとアピールしたがる性格は、颯真ママと一緒なんじゃないかなぁと思って」

それでね——と日菜子が得意げに語り出した話は、案の定、頭を抱えたくなるような内容だった。

子役の母親は息子の情報を発信したがるという持論に基づき、日菜子は千枝航に関する情報を徹底的に収集し、キーワードを片っ端から検索していった。千枝航のことを宣伝するような内容のブログやSNSアカウントを見つけると、隅から隅まで目を通し、身内の者による記事でないかを検証した。

「でも、さすがにそれだけだと見つからなかったんだよね。コウくんママも、すぐに特定されそうな言葉を直接インターネットに書くような真似《まね》はしていなかったってわけ」

キーワードによる検索の結果は不作だった。そこで、今度はイメージ検索機能を用いて、日菜子がパソコンに保存していた様々な画像——例えば千枝航が出演する映画のポスターやテレビ番組で使用された赤ちゃんの頃の写真——をアップロードし、インターネット上に転がっている類似の画像を洗い出していった。

知る人ぞ知る機能だ。親と特定されてしまうようなキーワードを載せないよう気をつけていても、写真で写真を検索するファンがいることまでは頭が回らなかったのだろう。

果たして日菜子は、恐ろしい執念で、千枝航の母親と見られる人物が綴《つづ》っているブログの発見に成功した。

「コウくんがいろんな服の着こなしを披露したファッションブックがずいぶん前に発売されてたんだけど、その見本誌の画像を発売日より前に載せてたブログを見つけたんだ。キーワード検索をしたときは引っかからなかった子育てブログ。よく読んでみたら、コウくんの仕事について画像でちょこちょこ宣伝してるのに、肝心の文章には、コウくんの名前も、コウくんが出演した映画やドラマのタイトルも、一度も出てこなくて。もうね、『これだ!』って直感したよぉ」

「意図的な検索避けをしてたってことか」

「そう。身内じゃなきゃ、そんなことはしないでしょ?」

日菜子は満面の笑みを浮かべながら、千枝航の母親のブログを発見したときの喜びを語った。興奮しすぎているのか、もはや息を切らしている。

「家族三人で日帰り旅行に行ったとか、息子が宿題をなかなかやらなくて大変だったとか、そういう何でもないことが書いてあってね。読むのが、ほんっとうに、楽しいの！　だって、コウくんが普段家族と何してるかなんて、誰も知らないことだもん。ね、すごいでしょ？　やばいでしょ？」

「よかったじゃないか、労力に見合う対価が得られて」

「でも、困ったことがあってね」

はしゃいでいた日菜子が、急に眉尻を下げた。

「過去のブログ記事を全部読もうと思ったら、半分くらいが限定公開記事だったの。友達申請が承認されないと、読めなくって。どうも、リアルで繋がってるママ友じゃないとダメみたいだった」

「ああ……それは諦めるしかないな」

「普通ならね。でも、承認してもらえた！」

「は？　どうやって？」

翔平は思わず身体をひねり、妹の顔を見下ろした。日菜子は片手でピースサインを作って、「なりきり大作戦」と答えた。

「えーと、それは……実在のママ友を装って友達申請した、とか？」

日菜子がこくりと頷いた。当たり前でしょ、と言わんばかりの表情をしている。

そういえば、殺人の疑いをかけられた須田優也を救うために赤羽創を陥れたときも、同じような方法を用いていた。

とすると、これは日菜子の常套《じょうとう》手段なのかもしれない。

「日菜、あのな――」

「コウくんママがずっと前にインタビューに答えてて、そこに本名が載ってたの。その名前で検索してみたら、湘南地域のママさんバレーチームのホームページがヒットしてね。そこにあったメンバーの名前でアカウントを作って友達申請したら、見事承認されたんだ！　もうね、ホント苦労したよぉ」

「日菜、それは――」

「そうだ！　あとね、ブログのIDで検索をかけたら、ツイッターもラインも特定できちゃったんだ。もっと気をつければいいのにねぇ」

「まさか」頭から血の気が引いた。「直接連絡を取ったのか？」

「ううん。『推しに迷惑はかけない』っていうのが私のポリシーだもん。直接メッセージを送ったら怖がられちゃうから、それは絶対にやらない」

どうやら最低限の常識は持ち合わせているようだ。翔平はほっと胸を撫で下ろした。安心する基準が低すぎるような気もするが。

「で、見たんだな。ブログの限定公開記事の内容を」

「それと、ツイッターのつぶやきもね。鍵かかってなかったから」

はあ、と小さくため息をつく。妹の手にかかると、どんな人間も丸裸にされてしまうらしい。

「そこに、千枝航が脅迫されていると書いてあったんだな」

「そうそう」

「具体的にはどういう内容だったんだ？」

問いかけると、日菜子が「はい」とスマートフォンを差し出した。見ると、ブログの記事一覧ページが表示されていた。直接読んだほうが早いということか。

人気天才子役の母親のブログは、宣伝用の画像がところどころに貼られているのを除けば、一見普通の子育てブログに見えた。しかし、『今日は授業参観。図工の作品、やっぱり息子のが一番？　とか思っちゃった』『天は二物を与えずって言うけど、本当かな？　息子と過ごしてると、そうは思えない』など、少々引っかかる発言がところどころに見受けられた。

「うーん、典型的な親バカだな」

「でしょ？　コウくんが頭が良くて手先も器用で性格も良くて天に二物も三物も与え

られたような素晴らしい子どもだってことはよーく知ってるけど、これだとさすがに周りのお母さんたちの反感を買うと思う」

「これじゃ、そうだろうな」

飛ばし飛ばしにいろいろな記事を読んでいると、日菜子に肩を叩かれた。いつの間にか、電車は横浜駅のホームへと滑り込んでいた。

電車を降りて階段へと向かう途中、隣を歩く日菜子が手を差し出してきた。「まだ脅迫部分まで辿りついてないよ」と抗議すると、「え、最近の記事だよ。二日前と、四日前だったかな」という言葉が返ってきた。

下り方面の東海道線に乗り込んでから、日菜子のスマートフォンを再び操作して、ブログのトップページへと戻った。さっきは飛ばしてしまっていた限定公開記事を開き、中身に目を通す。そこには、なるほど気になる文章があった。

『最近、ちょっと怖い。たまに、心当たりのない郵便物がポストに入ってて、宛先がコウちゃんの名前になってるの。中には気持ち悪いラブレターと、コウちゃんが好きなもののプレゼント。差出人欄に《コウくんＬＯＶＥ》って書いてあるから、コウちゃんのファンの仕業だと思うけど……どこで住所が漏れたんだろう。引っ越したほうがいいのかな？　でも、持ち家だし』

『やだ、どうしよう。また例のプレゼントと手紙が届いたんだけど！　《運動会を見に行きます》って書いてある。でも、コウちゃんに話して校長先生にお電話するかどうか聞いてみたら、《僕、白組の応援団長なんだよ。運動会が中止になるようなことは絶対にしないで！》って怒られちゃった。そうは言っても、ねえ……。本人は気をつけるって言ってるけど、大丈夫かしら。変な人が運動会に来たら、どうしよう。せめて、私が気をつけなくちゃ』

「これは……確かに怖いな」

顔をしかめながら、翔平はスマートフォンを妹に返した。

「でしょ？　しかも、これだけじゃないんだよ」

日菜子が慣れた手つきですするすると画面をなぞり、「ほら」とスマートフォンをこちらに傾けてきた。

『コウくんＬＯＶＥ』という、シンプルなゴシック体の文字が目に飛び込んでくる。ツイッターのプロフィールページのようだ。フォロー、フォロワー数はともにゼロになっている。

「この、『コウくんＬＯＶＥ』って名前——もしや、千枝航の母親のブログに書かれてた、気持ち悪いファンのツイッターアカウント？」

「こんな人のことをファンなんて呼ばないで。ストーカーだよ、ストーカー」

日菜子は鼻の頭にしわを寄せ、憤然と言い放った。妹がこれほど怒っているのも珍しい。翔平の目から見ると日菜子のやっていることも大して変わらないのだが、彼女の中では、本人に直接接触して恐怖を与えるかどうかというところで明確に線引きがされているようだ。というわけで、「お前が言うな」というツッコミはとりあえずやめておくことにする。

「これ見て！」

日菜子が突き指しそうな勢いで画面を指差した。『コウくんＬＯＶＥ』と名乗るアカウントによるツイートが表示されている。

『コウくんの小学校の裏にある人気のお弁当屋さんで、お弁当買っちゃった♪　コウくん、これから行くからね。可愛い姿をたっぷり見せてね』

ツイートには縦長の画像が添付されていた。行列ができている小さな弁当屋をバックに、色とりどりのおかずが入った美味しそうなお弁当を写している。そのほんわかとした写真とは裏腹に、翔平の両腕には鳥肌が立った。

日菜子が画像をタップして最大化し、写真の上下の黒い画面をコツコツと爪の先で叩いた。

「コウくん絡みのキーワードで検索してたら見つけたの。このツイートだけじゃないよ。もっとやばいのがある」

再び日菜子のスマートフォンの画面を覗き込み、翔平は息を呑んだ。

『今日は愛しいコウくんの、最後の運動会。準備は万全。そのラストを、私が綺麗に彩ってあげる』

「彩ってあげるって……何だそれ」

「何か、仕掛けてくる気なのかも」日菜子は殺気立っていた。「防がなくちゃ。コウくんの身の安全は、私とお兄ちゃんで絶対に守るんだから！」

いつの間にか、翔平はずいぶんと重大な任務を背負わされてしまったようだった。

藤沢駅で降りると、日菜子は駅の近くの美容院へと消えていった。三十分ほど待ってから再度合流し、小田急線のホームへと向かう。各停で二駅移動し、さらにそこから十分ほど歩いていったところに、今日の目的地である公立小学校があった。

学校の周りは、すでに保護者でごった返していた。開始一時間前だというのに、もう場所取り合戦はとっくに始まっているらしい。「ま、今日の目的は運動会を見ることじゃなくて、ストーカーを捕まえることだから」と日菜子は隣で何度も呟いていたが、特等席に陣取ることができない悔しさが言葉の端々ににじみ出ていた。

「はい、これつけて」

日菜子が手を伸ばしてきて、翔平が着ているTシャツの胸元に名札をつけた。透明な名札ケースの中に、紫色の紙が入っている。『六年生家族』と印刷されていた。

「これは？」

「受付で配られる名札。簡易的な不審者対策だね。この運動会、事前受付制だから、これがないと入れないんだぁ」

「ん？　それをどうして日菜が持ってるんだ」

「作ったから」

え、という声が喉から漏れた。翔平が慌てているのをお構いなしに、日菜子は涼しい顔で自分の胸にも紫色の名札をつける。

「学年ごとに色が決まってるらしいよ。一年生は赤、二年生はオレンジ、三年生は黄色、四年生は緑、五年生は青、六年生は紫。卒業生がＳＮＳに載せてた写真を数年分研究して、再現してみたの。上手いでしょ？」

「お前……」

翔平が呆れているのに気づいていないのか、日菜子は「あ、プログラム貼ってある！　見に行こ」と駆けていってしまった。

受付を済ませていないことを咎《とが》められないかとドキドキしながら、翔平は人でごった返す校門を通り抜けた。日菜子の後を追いかけて、受付テントの奥に掲示されている模造紙の前へと進む。どうやら杞憂《きゆう》だったようで、受付で忙しくしている職員たちはこちらを見向きもしなかった。

模造紙には、運動会のプログラムが手書き文字で記載されていた。全校生徒で行うラジオ体操第一から始まり、三、四年生の八十メートル走、一、二年生とその保護者による玉入れ競争、五、六年生の百メートル走と、午前の部だけでも全十種類の競技が予定されているらしい。昼食休憩前の最後のプログラムは、五、六年生とその保護者による二人三脚での障害物競走となっていた。前半戦だけでも、なかなか見応えがありそうだ。

「で、この人数の中から、どうやって目的の人物を探す気なんだ？」

「うーん、一応、ヒントはあるんだよねぇ」

「何？　さっきの弁当を持ってる人とか？」

「それもそうだし、もっと別のヒントもあるよ。もう少し位置を特定できれば、どうにかなると思うんだけど……これじゃ絞り切れないなあ」

さすがの日菜子も手の打ちようがないらしく、口をへの字にして校庭を見渡している。受付テントの奥には保護者席があり、グラウンドを挟んでその向かい側に生徒たちの応援席があった。

「あ、ちょっと待って」

日菜子がふと思いついたようにスマートフォンを操作し始めた。ツイッターをもう一度立ち上げ、ページを更新する。「来た！」と日菜子は大きな声を上げた。嬉しそうにしている日菜子に顔を寄せて、画面に表示された新しいツイートを読む。

『大好きな千枝航くんの晴れ姿、ようやく見られそう。人がいっぱい。でも、いい場所が取れました。コウくん、待っててね。可愛い写真をたくさん撮って、アルバムにしてあげる。自宅に持っていくか、郵送するか、どっちにしようかなぁ？　住所の調べはついてるの。ふふふ』

背中がぞくりとした。典型的な、ストーカーの文章だ。犯罪の臭いがする。

こちらのツイートにも、縦長の写真が添付されていた。

まさに翔平と日菜子が目の当たりにしている、運動会開始前のグラウンドを写した写真だった。

日菜子はすかさずその写真を最大化表示し、写真下部の黒い画面に指先を当てたまま、鋭い視線でグラウンドと写真を交互に見比べた。

「受付テントが右端に写ってて、対角線上にあの家が写ってるから——」

　周りを指差しながら、日菜子はずんずんと歩いていく。慌ててついていくと、奥に設置されている入場門のそばで、日菜子がぴたりと足を止めた。

「ここだ！」

　小声で言い、さっと通路の脇に身を寄せる。翔平も同じように日菜子の隣に立った。目の前の保護者席を見渡すと、すでに大勢の夫婦や小さな子どもたちがレジャーシートを敷いて場所取りを済ませていた。

　複数人で同じレジャーシートに座っている家族連れを排除すれば、すぐにでもツイートの主を特定できるのではないか。そんな考えが頭によぎったが、意外と一人で来ている親も多かった。ぱっと見ただけでも、少なくとも十五人はいる。

　——だったら、その中で弁当の袋を持っている人がストーカー犯だ。

　そう断定し、それぞれの持ち物を遠目からつぶさに観察する。しかし、弁当の袋を分かりやすくそばに置いている人物はいなかった。手持ちのバッグに入れてしまったのかもしれない。そうなると、絞り込む術はなかった。

「ここ、入場門のすぐそばだね。たぶん、競技前にコウくんを撮影し放題だから、この位置を選んだんだよ」

日菜子に耳打ちされ、翔平は小さく頷いた。スト――、いや、ファン同士だからこそ、犯人の心理がよく理解できるのだろう。

翔平が一人合点していると、日菜子が急に胸の前で両手を組み、そわそわし始めた。

「どうしよう！　今から生身の千枝航くんを見られるって思ったら、急に興奮してきちゃった。うわあ、ホントやばい！　すぐそこの入場門に来るんだもんね」

「ああ、そうだな」

「六年生の最初の競技は百メートル走だったよね。前から四番目の競技ってことは、わりとすぐに待機に来るかな？　きっと二番目の競技の途中くらいには来るよね。あぁどうしよう、こんな絶好のフォトスポット、めったにないよ。やばい！　最高すぎ！　よし、決めた。私は自分のスマホでコウくんの写真を撮るから、お兄ちゃんはツイッターを見張ってて」

「ミイラ取りがミイラになるなっての」

パシン、と軽く妹の頭をはたく。「痛ぁ」と日菜子は大げさな反応をして、「ちょっとくらい協力してくれたっていいのにぃ」とこちらを睨んできた。

運動会開始まであと五十分。まだまだ、一日は長い。

＊

『赤組、速いです。白組、頑張ってください』

小学生にしてはしっかりした口調のアナウンスがグラウンドに響く。そんな中、隣にいる日菜子は、大声で白組を応援していた。

運動会が始まってから、ずっとこの調子だ。プログラム一番のラジオ体操のときさえ「白組！」と叫んで跳びはねるものだから、周りの保護者から不審な目を向けられていた。その間、名札の偽造が露見しやしないかと、翔平は終始そわそわしていた。

——悪質ストーカーから千枝航を守るという目的を、果たして覚えているのだろうか。

これだから、妹には監視役が必要なのだ。この様子だと、いつ暴走し始めてもおかしくない。さっきから「可愛い！」「無理！」「やばい！」「天使！」「コウくん！」「白組！」の六単語くらいしか聞こえてこないあたり、相当頭がやられているようだ。

その妹のテンションが最高潮に達したのは、二つ目のプログラムである三、四年生による八十メートル走が始まってからしばらく経ったときだった。日菜子の読みどおり、出場予定の競技の二つ前というタイミングで、プログラム四番の百メートル走に出場予定の五、六年生が応援席の裏をぐるりと回って入場門に姿を現したのだ。

その先頭に白いハチマキを巻いた千枝航がいるのを見つけ、周りの父兄たちが一斉にどよめいた。

六年生にもなると、すでに成長期を迎えた児童と、そうでない児童との体格の差が一目瞭然だ。千枝航は後者だった。

小柄でほっそりとした身体。真っ白な肌にぱっちりとした黒い目。ほんのりと赤い唇。額にかかるさらさらとした髪。

その容姿の愛らしさは、テレビに出始めた幼児の頃から変わらない。翔平も、すぐそこに現れたテレビそのままの姿に思わず見とれてしまった。
三、四年生の八十メートル走が終わって退場すると、入場門の前列を占めていた一、二年生とその父兄たちがグラウンドに走り出していった。すぐに、後列にいた五、六年生が入場門の先頭へと移動する。先頭にいる千枝航の全身が露わになるや否や、今がシャッターチャンスとばかりに保護者たちが一斉にスマートフォンやカメラを構えだした。
千枝航にカメラを向ける人数の多さに面食らう。一人で来ていて、千枝航の写真を撮りまくっている人物を見つければ事件解決だと高をくくっていたのだが、これでは特定しようがなかった。

「お、お兄ちゃん、保護者席をきちんと見ててね。怪しい人がいないかチェックしといてね。わ、私は、コウくんのお姿を――」

ぷるぷると震えながらスマートフォンを構えだす日菜子の頭を、今度はこぶしでコツンと殴る。

「目的を忘れるなっての。悪質ストーカーをつかまえるんだろ？」

「そ、そうだった……」

日菜子は未練がましい声で呟くと、スマートフォンを鞄にしまい、翔平と一緒になって保護者席の観察を始めた。

ロープで仕切られている目の前の一角には、ざっと百名ほどの保護者が座っていた。その中には、弟や妹であろう乳幼児や、祖父母であろう高齢者も混ざっている。

――十人くらい、だろうか。

保護者席に一人で座っていて、千枝航に向けて一回でもカメラのシャッターを切った人物。写真を撮らなかった保護者を除外しても、まだ数が多い。

「これなら、なんとかなりそうだね。二、三人まで絞り込めるかも」

隣で日菜子が声を弾ませた。翔平は「え？」と首を傾げた。

「お前、ちゃんと観察したか？　一人で来てて、千枝航の写真を撮ってた人となると、ざっと十人はいたぞ」

「ヒントはもっとほかにもあるでしょ。例えば、席の位置とか」

「そうか。『いい場所が取れました』ってツイッターに書いてあったもんな」

「あと、ピンク色のプログラムを持っているかどうか。あれは児童用と家庭用に二部配られたものを子どもたちが家に持って帰るようになってるから、部外者は手に入れられないの。名札と違って、紙の色のパターンも読めないしね。私が複製できなかったんだから、犯人だって絶対に持ってないはず」

「ストーカー犯と張り合うなよ。一緒にされたくないって言ってたくせに」

墓穴を掘ったことに気づいたのか、日菜子は翔平のツッコミを完全に無視し、つま先立ちになって保護者席を再び観察し始めた。翔平も妹に倣《なら》い、保護者席の周りを歩き回りながら、ストーカー犯の候補を絞り込んでいく。

一人で来ていて、写真を撮るなど千枝航に興味を示していて、比較的入場門やグラウンドが見えやすい位置に席を取っていて、ピンク色のプログラムを所持していない人物。

確かに、日菜子の言うとおりだった。さっき覚えた十人のうち、七人までは、席の位置が明らかに悪かったり、プログラムの紙をまさに読んでいたりと、簡単に候補から外すことができる。

あらかた保護者席の偵察を終えて元の位置に戻ると、日菜子が難しい顔をして顎に手を当てていた。

「容疑者は三人だな」

翔平は自信満々に宣言し、保護者席を指差した。

「一人目は、最前列の、白いハットをかぶっている女の人。風貌がいかにも怪しいよな」

つばの広い、大きな帽子だった。パーマのかかった黒髪が肩にかかっている。たまにちらりと横顔が見えるが、サングラスにマスク、腕カバーと万全の日焼け対策をしているらしく、表情は窺えない。保護者席の最前列という競争の激しそうなスペースにずいぶんと大きなレジャーシートを広げているところを見るに、早朝から場所取りに並んだようだった。彼女は、片方の手に持ったスマートフォンを高く掲げ、入場門の方向に向けて何回も撮影ボタンを押していた。

「二人目は、前から二列目のちょっと入場門寄りに座ってる、紺色の野球帽をかぶった女の人」

　黒縁の眼鏡をかけていて、さほど化粧っ気がない女性だった。年齢は三十代くらいに見える。彼女は、保護者席の中ほどに小さなレジャーシートを敷き、その上で行儀よく正座をしていた。荷物は白いハットの女性より少なめで、黒いデイパックが一つ。薄い桃色のミラーレス一眼レフカメラを手にしていて、ファインダーを覗き込みながら写真を幾枚か撮っていた。

「そして三人目は、端っこにいる、黒いTシャツを着た大柄の男の人」

　ストーカー犯が女性とは限らなかった。手紙やツイートの文面をそのまま読み取れば女性のようにも思えるが、カモフラージュという可能性もある。

　この大柄な男性は、グラウンドから遠い後列ではあるものの、入場門に最も近い位置に陣取っていた。ロープ一つ隔てた向こう側にいる児童たちを撮影し放題だ。とはいえ、男性が手元のスマートフォンを千枝航のほうへと向けたのはほんの一瞬だった。一枚だけ写真を撮った後は、後ろに片手をつき、うちわで顔をあおぎながら暑そうに顔をしかめている。

「さ、ここまで絞り込めればあと少しだな」

　ちょっぴり探偵気取りで鼻の下を指でこすってみる。妹は同意するようにこくりと頷いた——かと思いきや、「あ、ううん。三人じゃなくて二人」と即座に否定した。

「え、どうして？　あの三人は全員入場門がよく見える場所にいるし、プログラムの紙も手元に見当たらないぞ。部外者の可能性が大いにあるじゃないか」

「それはそうだけど、そのうちの一人は除外できる。だから、残りは二人」

「除外？　どういうからくりだよ。説明し——」

「ああああ！　コウくんが隣の子の肩を叩いて励ましてる！　緊張をほぐしてあげてる！　なんて優しいの！　天使！　神！」

翔平の要請はすっかり日菜子の大声に掻き消されてしまった。入場門のほうに視線をやったまま、ぴょんぴょんと飛び跳ね続けている。

——こうなると、もう手に負えない。

急上昇してしまった日菜子のテンションは、千枝航が出場する百メートル走のプログラムが終わるまで下がることがなかった。

やはり、この小学校において、人気子役の千枝航というのは大スターのようだった。千枝航がグラウンドに出ているだけで、応援席も保護者席もこれ以上ないくらい盛り上がる。白組の応援団長である千枝航は、ピストルの音に合わせて仲間が次々と走り出していく中、グラウンドの真ん中で応援合戦を繰り広げていた。また、最後に自らが出場するときも、小柄ながら六人中二位と大健闘していた。天才子役は、演技力だけでなく、運動能力も高いようだ。

百メートル走を終えた五、六年生が退場すると、今度は三、四年生とその保護者による大玉転がしが始まった。高揚した妹の精神状態がようやく正常に戻ったのを横目で確認してから、翔平は恐る恐る日菜子に話しかけた。

「日菜子が除外した一人っていうのは、誰なんだ？」

「うーん、教えない」

「なんでだよ」

「お兄ちゃんにも、自分の頭で考えてほしいから」

「何様のつもりだ」

「でも、絞る方法はいろいろあるでしょ」

「これ以上思いつかないよ。ツイートにあった弁当の袋はバッグにしまっちゃってるみたいだし。あ、でも――」

翔平はさっきから気になっていたことを妹に話すことにした。

「Tシャツの男性が持ってるスマホって、うちの親が使ってるやつと同じだよな？たぶん、アンドロイドの格安の機種」

両親が初めてスマートフォンを買ったとき、一番安い機種は分厚いしバッテリーの持ちも微妙だからやめたほうがいいとアドバイスしたのだが、費用を最重要視する彼らには聞き入れてもらえなかったのだった。日菜子は男性のほうにちらりと目をやって、「うん、そうだね」と頷いた。

「ストーカー犯がさ、さっきツイッターに、『可愛い写真をたくさん撮って、アルバムにしてあげる』って書いてただろ？　安い機種ってカメラの性能が良くないから、さすがにアルバムの素材になるような写真は撮れないんじゃないかと思って」

「まあね。作れるかもしれないけど、あまり見栄えが良くないかも」

その点、女性二人は、なかなか解像度が高いカメラを使っている。野球帽の女性が使っているミラーレス一眼レフカメラは言うまでもないし、白いハットの女性が撮影に使用しているスマートフォンは iPhone の最新機種だ。最近機種変更をした日菜子が使っているものと一緒だった。撮った写真でアルバムを作るくらいは難なくできるだろう。

「それから、野球帽の女の人は、さっき、隣の家族連れから話しかけられてたんだ。内容は聞こえなかったけど、一緒にスマートフォンの画面を覗き込んだり、談笑したりしてた。他の夫婦とも会話してたよ。たぶん、知り合いなんじゃないかな」

知り合いが幾人もいるのだとすると、部外者とは考えにくい。

対照的なのは、白いハットにサングラスの女性だった。

誰と言葉を交わすわけでもなく、レジャーシートの上でじっとしながら、ひたすらに千枝航に向かってシャッターを切り続けている。しかも、千枝航が出場していないときは、時折口元を隠しながら誰かと小声で電話をしたり、手元の iPhone にじっと視線を落として何やら操作したりしていた。顔が一切見えないその風貌も相まって、明らかに不審だった。

「俺は白いハットの女の人を見張るぞ」

翔平は高らかに宣言し、最前列の女性へと視線を固定した。

特に何が起こるでもなく、運動会午前の部は平和に進行していった。白いハットの女性は、頻繁に千枝航ら六年生が座っている応援席へとスマートフォンのカメラを向けていたが、それ以外に目立った行動はなかった。

途中で、日菜子が「またツイッターが更新されてる」とアプリの画面を見せてきた。

『やっぱり可愛いね。コウくん、大好きだよ』という気色の悪い文面とともに、遠目から写した運動着姿の千枝航の写真がアップされている。先ほどからスマートフォンで写真を撮影しては何やら熱心に文字を打ち込んでいる白いハットの女性が、いよいよ怪しく見えた。

　プログラム五番の大玉転がしの後は、五年生によるタイヤ取り、四年生による台風の目と続いた。八つ目のプログラムでは、一年生が流行りのアイドルソングに合わせてダンスをし始めた。ビニール袋や厚紙で作ったらしい色とりどりの衣装に身を包んでいる。初めての運動会で緊張してしまったのか、隊形を上手く作れずところどころでもたついている児童もいた。

　――日菜も、あのくらいのときはまだ可愛かったのになあ。

　容姿はともかくとして、中身はすっかり変質してしまったようだ。妹が部屋中を推しの写真で埋め尽くしたりストーカーまがいの尾行術を実践したりする女子高生になろうとは、あの頃は想像もしていなかった。

「お兄ちゃん、犯人が分かったよ」

　隣でじっとしていた日菜子が突然囁いた。「最初から怪しいと思ってたけど、やっぱりそうだった」と腕を組んで頷いている。一年生の可愛らしいダンスに見入っていた翔平は、慌てて背筋を伸ばし、保護者席へと視線を戻した。

　見ると、さっきまで席でじっとしていた白いハットの女性が、レジャーシートから立ち上がっていた。何やら慌てた様子で、着ている白いロングスカートの裾をつまんだりパンプスをひっくり返して底を見たりしている。彼女はそのパンプスを慎重に履いてから、保護者席を離れ、どこかへと移動し始めた。

「何をするつもりなんだろう」

——もしかしたら、もっと良い写真を撮るために、六年生の応援席に近づこうとしているのかもしれない。

翔平は息を呑み、足を一歩踏み出した。

「日菜、あの人を追いかけよう」

「待って、誰のこと？」

「白いハットの女だよ。ストーカー犯はあの人で確定なんだろ」

「お兄ちゃん、何言ってるの」

「へ？」

いつにもまして冷静な妹の声を聞き、翔平は視線を泳がせた。すると、黒いTシャツを着ている大柄な男性の姿が目に飛び込んできた。男性も、のっそりとレジャーシートから立ち上がったところだった。

「あ、じゃああっちの男か？　どこかに移動するみたいだ。日菜、行こう」

「あのね、お兄ちゃん——」

「おい、どうするんだよ。早くしないと見失うぞ」

「お兄ちゃん！　落ち着いて。犯人はあの人だよ」

日菜子は前方を指差した。その指の先にいたのは、白いハットの女性でも黒いＴシャツを着た男性でもなかった。

桃色のミラーレス一眼レフカメラを片手に持った、野球帽に黒縁眼鏡の女性。彼女の後ろ姿を、日菜子はまっすぐに見つめていた。

「どうして？　あの人は、周りに知り合いがいたじゃないか。スマホで写真を撮ってもいなかったし」

「いいから、一緒に見張ってて」

言われるがままに、野球帽をかぶった女性を観察した。女性は相変わらず行儀よく正座したままカメラを構えている。今のところ、特に怪しい様子はなかった。

そのまま、翔平と日菜子は野球帽の女性の監視を続けた。プログラム八番のダンスが終わり、一年生が退場していくと、今度はグラウンドに和太鼓が運び込まれた。

『プログラム九番、応援合戦。赤組の応援団長と、白組の応援団長が、それぞれの組の応援をします。応援席の皆さんも、一緒に自分の組を応援しましょう』

ゆっくりとした声でアナウンスが読み上げられる。

白組の応援団長である千枝航が袴《はかま》を着けてグラウンドに出てきた瞬間、観客が一斉に拍手を始めた。午前の部のラストに向けて会場の熱気を高めるというのがプログラム順を決めた教師たちの狙いだったとすれば、それは大いに成功しているようだ。さっきまで厳しい顔をしていた日菜子も、顔中をほころばせながら手を叩いている。

まずは赤組の応援が始まった。千枝航と違ってずいぶんと大柄な応援団長が、グラウンドの真ん中に設置された朝礼台へと上る。和太鼓の音が鳴りだすと、赤組の応援団長は、三三七拍子で笛を吹き鳴らし始めた。彼がリズムに合わせて両手を交互に頭上で動かすと、グラウンドに並んだ赤組の六年生たちがその動作を真似る。応援団長はすでに声変わりをしているようで、「フレー、フレー、赤組」という野太い声がグラウンドに響き渡った。続いて、赤組の応援歌を全員で合唱する。流行りの曲の替え歌のようだった。

赤組の応援が終わると、大柄な応援団長に代わって、白いハチマキを頭に巻いた千枝航がグラウンドの真ん中へと進み出た。そのまま助走して、階段を使わずにひらりと朝礼台に飛び乗る。千枝航がすっくと朝礼台の上に立ち上がると、白組の応援席から大きな歓声が上がった。

再び、和太鼓の音が鳴り響いた。「白組ぃぃぃ！」と千枝航が叫ぶと、グラウンドに整列している白組の六年生たちが「オーッ！」と呼応する。舞台で培われた姿勢の良さと他の児童とは一線を画した大物オーラのおかげか、赤組の応援団長よりずいぶん小柄なはずなのに、その迫力はさほど変わらなかった。腹式呼吸をマスターしているのか、声ものびやかだった。声変わり前ではあるが、甲高いわけではなく、耳に心地よい。和太鼓の音にも負けないくらいの大声なのに、割れたりかすれたりすることなく、後方の保護者席にも張りのある声がはっきりと聞こえてきた。

「何これ。……夢みたい」

隣で、日菜子が呆然と呟いた。運動会に潜入したストーカー犯を監視するという緊迫した状況のはずなのに、グラウンドに現れた千枝航の堂々としたパフォーマンスに、すっかり骨抜きにされているようだった。

そんな白熱した応援合戦のさなか、翔平は、保護者席の異変に気がついた。

「おい、あの人……何してるんだ？」

そう囁き、妹の肩をつつく。日菜子は急に表情を引き締め、野球帽の女性へと鋭い視線を投げた。

野球帽をかぶった例の女性は、さっきまで手に持っていたカメラをレジャーシートの上に下ろし、左手の手首にはめている腕時計に視線を落としていた。せっかく千枝航が凛々《りり》しい姿を披露しているというのに、グラウンドのほうを見ようともしない。

　翔平は首を傾げ、自分の左手首を見やった。腕時計は、午前十一時五十九分を指している。


「プログラム、予定より遅れてるのかな」

「ううん、時間どおり」

「ん？　どうして日菜が分かるんだ」

「小学校のホームページに、各応援団長からの手書きメッセージが載ってたの。名前はイニシャルだけになってたけどね。白組の欄には、『プログラム九番の応援合戦では、朝礼台の上に乗って白組を盛り上げます。十一時五十分からの十五分間がぼくの見せ場です』って書いてあった」

「ふうん、そうか」

　それにしても不思議だった。日菜子がストーカー犯だと断定しているあの野球帽の女性は、愛してやまない千枝航の今日一番の晴れ姿に見向きもせずに、何を気にしているのだろうか。

「腕時計……時間……最後の運動会……彩ってあげる……」

　隣で、妹がぼそりと呟く声がした。

次の瞬間――日菜子が、突然走り出した。

「コウくん！」

レジャーシートの隙間を縫うように駆け、保護者席の前列へと向かっていく。

「コウくん！　逃げて！　下りて！」

保護者席に、日菜子の叫び声が響き渡った。一定のリズムを刻んでいる和太鼓の音の隙間をすり抜けて、日菜子の声がグラウンドに届いたようだった。朝礼台の上で、千枝航が驚いたようにこちらへと顔を向ける。

野球帽の女性が、腕時計から目を離し、日菜子のほうを振り返った。その顔には驚きと怒りの色が浮かんでいた。眼鏡の奥で、目が大きく見開かれている。唇が「どうして」という言葉の形に動いた。

「コウくん、危ないよ！　そこから逃げ――」

日菜子がもう一度叫んだ瞬間だった。

大きな爆発音が、耳をつんざいた。

空気の割れるような衝撃音とともに、グラウンドの真ん中にあった朝礼台が一瞬にして見えなくなる。

空高く火花が飛び散り、白い煙がもくもくと立ち込めた。

思わず目をつむり、身を伏せた。ほうぼうから悲鳴が聞こえてくる。風に乗って流れてきた煙にむせ、翔平はゴホゴホと咳《せき》をした。

身を屈めた翔平が再びグラウンドの中央へと向き直ったとき、そこには衝撃的な光景があった。

グラウンドで応援をしていた白組の六年生たちが、その場で頭を抱え込み、小さくなって震えている。その手前――破損した朝礼台のすぐ横には、一人の児童の姿があった。

白い着物に紺色の袴を着けた、小柄な少年。

さっきまで元気に応援合戦を率いていた白組の応援団長は、うつ伏せの状態でグラウンドの真ん中に倒れていた。

その頭の周りには、大きな血だまりが広がっている。彼はもはや、ぴくりとも動かなかった。

＊

教職員やPTA関係者が口々に叫びながら千枝航のもとへと走り出していく中、日菜子は呆然とした様子でグラウンドの中央を眺めていた。

「おい日菜、何が起きたんだ」

翔平が妹のそばに駆けつけると、日菜子はぽつりと「コウくんが死んじゃった」と呟いた。そして、突然野球帽の女性につかみかかった。

「コウくんを殺した！　殺したでしょ！」

半狂乱になった妹の両脇を抱え込み、力を振り絞って引き離す。周りには野次馬が集まり始めていて、爆弾犯の逃げ場はなかった。

こうやって近づいてみると、女性は最初の印象より老けて見えた。顔の小じわが多いところからして、軽く四十は超えているだろう。大きな黒縁眼鏡のせいで、幾分若く見えていたようだった。

「日菜、落ち着け」

翔平は日菜の両腕を押さえたまま、グラウンドの中央の様子を窺った。大人の怒声が響いているのがかすかに聞こえてくるが、あっちもこっちも周りにどんどん野次馬が集まっているせいで、倒れている千枝航の姿はよく見えない。

「この人が、朝礼台を爆破したんですか」

胸に『教職員』と印刷された白い名札をつけている男性が、人混みを搔き分けてそばへとやってきた。「そうです」と日菜子が涙目のまま頷く。

「この女の人が、十二時ぴったりに起爆する時限爆弾を、あらかじめ朝礼台に仕掛けていたんです。コウくんが朝礼台に上がって白組の応援合戦をする十五分の間に爆発させて、コウくんを殺そうとしたんですよ」

「そ、そんなことしてないわ」

野球帽の女性が必死の形相で首を横に振った。

「ひどいこと言うのね。どうして私なのよ」

「爆発の直前まで、ずっと時計を見ていたからです」

「そんなの証拠にならないでしょう。たまたま時間が気になっただけよ」

「本当ですか？　じゃあ、警察が来たら調べてもらいましょうか。この学校の防犯カメラと、近所のお店や駅の防犯カメラを全部。朝礼台にあなたの指紋がついていないかどうか。あと、爆弾の材料になるようなタイマーや導火線を、あなたの家の近くのホームセンターで購入していないかどうかも」

「バカね。そんなことを調べても無駄よ」

「ってことは、自分の手を汚してないんですね。それなら、実行犯が別にいるはずです。時限爆弾を設置するよう依頼して、お金を払ったんじゃないですか。その実行犯とのやりとりは、何で行いましたか。メールですか？　ラインですか？　スマホに相手の電話番号を登録したりしていませんか？　データを消しても、警察がサービス提供元にデータの復元を依頼すれば、一発でバレますよ」

日菜子が立て板に水のごとく攻め立てる。こういう考えがすらすらと出てくるのは、日菜子自身が普段から法律のグレーゾーンをさまよっているからだろう。

途中まで自信満々の様子だった野球帽の女性は、日菜子が別の実行犯の存在を疑いだしたあたりから額に汗を浮かべ始めた。「うっ」と低い声を漏らし、恨めしげに日菜子のことを睨む。

絶句していた男性教師は「今、警察を呼んでいます」と告げ、野球帽の女性の腕をつかんだ。警察が到着するまで、容疑者を逃がさないように見張るつもりらしい。

「どうしてこんなことをしたんですか」

日菜子が翔平の腕を振り払い、教師に拘束されている野球帽の女性へと詰め寄った。

「『コウくんLOVE』っていう名前のツイッターアカウントで投稿していたのはあなたですよね。ラストを綺麗に彩ってあげるっていうのは、爆破することを示していたんですよね。最後の運動会っていうのは、今日コウくんの命を奪うつもりだったってことですよね！」

「こ、殺すつもりはなかったの。本当に」

日菜子の詰問に怖気《おじけ》づいたのか、野球帽の女性がうろたえたように声を震わせた。

「あれ、市販の花火から作ったのよ。だから、音や火花が大げさなだけで、人を死なせるほどの威力はないだろうって。せいぜい怪我をするくらいだと思ってて」

「そんなことは言い訳になりません。ひどすぎる。コウくんが楽しみにしていた運動会中に、こんなことをしなくてもいいのに。……正気の沙汰じゃない！」

また暴れ出しそうになる日菜子の腕を引っ張り、野球帽の女性から遠ざけた。日菜子の横顔が目に入り、はっとする。妹は、大粒の涙をはらはらとこぼしていた。

「どうして分かったの」

野球帽の女性が、目を伏せたまま声を絞り出すように言った。「誰にも……気づかれないと思ったのに」

確かに、それは疑問だった。日菜子はどうして、この人が危険人物だと分かったのだろう。日菜子が野球帽の女性に気をつけるよう言わなければ、翔平が彼女に注目することもなく、腕時計を何度も見やる不審な動きに気づくこともなかったはずだ。

「そういや、さっき、ヒントがどうとか言ってたよな」

日菜子を落ち着かせるために、後ろからそっと話しかける。日菜子はこぶしを握りしめ、小さく頷いた。

「『コウくんLOVE』っていう怪しいツイッターアカウントを、ちょっと前から知ってたんです。その人がコウくんに悪さをしようとしてるんじゃないかと思って、今日は保護者席の様子を注意して見ていました。グラウンドの写真が投稿されていたから、だいたいの位置は分かりました。その中で、あなたは、一人で来ていた上にコウくんの写真をたくさん撮っていて、保護者なら持っているはずのプログラムを所持している様子もありませんでした。ちょっとおかしいなって、思ったんです」

「それなら少なくとも三人はいただろ」

翔平が後ろでぼそりと呟くと、日菜子がこちらを振り返った。

「ヒントはいくつかあったの。一つは、ツイッターに投稿された写真のサイズ」

妹は、首を横に振りながら投げやりな口調で言った。

「私の iPhone で全画面表示したときに、写真の上下に黒い画面が余ってたでしょ。一般的なスマホの画面は16：9の大きさなんだけど、犯人が投稿してた写真は画面いっぱいに表示されなかった。違う比率だったんだよ。見た感じ、4：3」

「それは――つまり、あの写真はスマホで撮影されたものでなかったってこと？」

「ううん、そうとは言い切れない。アンドロイドの機種は基本的に画面と同じ大きさの写真が撮れるようになってるんだけど、iPhone は違うの。標準で搭載されているカメラ機能のデフォルトの写真サイズが、4：3なんだよね。だから、普通に撮影すれば、画面の大きさとは異なる比率の写真になる」

「あれ、そうなのか」

翔平は日菜子と同じ iPhone ユーザーだが、写真のサイズを明確に意識したことはなかった。

「じゃあ、日菜子が初めに犯人候補から除外していた一人っていうのは——」

「アンドロイドの格安機種を使ってた、黒いTシャツの男の人」

もちろん、ツイッターアプリから直接写真を撮って投稿するなど、別のアプリを使った可能性もなくはない。しかし、遠くにいる千枝航を写すには高精度なズーム機能が必要だから、おそらく標準のカメラアプリを使ったはずだ。

また、投稿する際に写真を加工した可能性も考えられるが、それなら3：2のようなカメラでしか撮れないアスペクト比に設定したほうが、万が一警察が写真のサイズに着目したときに捜査を攪乱《かくらん》することができる。今回投稿されていた写真の4：3という大きさはあまりにありふれているため、わざわざ加工されたものとは考えにくい。

そういうわけでアンドロイドユーザーは容疑者から省いたのだ――と、日菜子はすらすらと説明した。

「でも、この人のスマホもアンドロイドだぞ」

翔平は、野球帽の女性のジーンズのポケットから飛び出しているスマートフォンを指差した。ずっと桃色のミラーレスカメラを使っていたから気がつかなかったが、実は彼女もアンドロイドユーザーだったようだ。

「このスマホからツイッターに投稿していたんだとしたら、4：3じゃなくて、16：9の比率になるんじゃないのか」

「お兄ちゃん、知らないの？　最近のデジタルカメラには、ワイファイでデータを転送する機能がついてるんだよ。だから、カメラで撮った写真をスマホに送ってその場でアップロードすることくらい、普通にできる」

その言葉を聞き、ああ、と納得した。最近のカメラにはそんな機能がついているなんて、ちっとも知らなかった。

「というわけで、白いハットの女の人と野球帽の女の人の二人を観察することにしたの」

日菜子は、その二人のどちらかがボロを出す瞬間を虎視眈々《たんたん》と狙った。焦点を定めていたのは、プログラム八番——一年生の児童によるダンスが行われている間の二人の行動だった。

「二つ目のヒントは、集合時間。この運動会では、自分が出場する競技の二つ前には入場門に行って待機することになってるよね。それから、小学校の運動会だとちょっと珍しいと思うけど、全学年に親子競技が用意されてる。午前の部の前半で、一年生から四年生までの親子競技は既に終わってた。その競技には、白いハットの女性も野球帽の女性も参加していなかった。とすると、プログラム十番の二人三脚障害物競走には絶対に参加することになるよね。だって、自分の子どもが本当に運動会に出ているなら、一人で来ている親は必ずどれかに出ないといけないはずだもん」

そういえば——と思い出す。グラウンドでプログラム八番のダンスが行われているとき、白いハットの女性は、席を立って入場門へと移動していた。黒いTシャツの男性も然りだ。

しかし、野球帽の女性は、レジャーシートに座ったままだった。

それはすなわち、この運動会に自身の子どもが出場していないということだ。

「この人が周りの家族と会話してたのは、知り合いだったわけじゃなくて、何かしら理由をつけてワイファイのネットワークを借りようとしてたんだと思うよ。スマホのテザリング機能を使わせてもらうか、モバイルルーターに繋がせてもらって」

「それは何のために？」

「ツイッターアカウントが見つかったときに、投稿元のスマートフォンやインターネット回線が自分で契約してるものだったらすぐに捕まっちゃうでしょ。今持ってるアンドロイドのスマートフォンも、頃合いを見て捨てるつもりだったんだと思うよ。

――ね、そうですよね？」

日菜子が周りに集まっている野次馬を見回した。すぐに幾人かから、「私、テザリングで繋がせてあげました」「訊かれたんですけど、モバイルワイファイを持ってなかったからお断りしました」という生の証言が集まる。野球帽の女性は、下を向いたまま唇を強く噛んだ。

すぐ近くで「嘘！」という驚いたような声がした。

声の方向へと顔を向けるなり、翔平は目を丸くした。

そこには、先ほどまで翔平が監視していた白いハットの女性がいた。野球帽の女性を凝視し、口元に手を当てている。たった今、人混みを掻き分けて前へ出てきたようだった。

白いハットの女性は、人だかりの中心にいる野球帽の女性へと急いで歩み寄り、マスクとサングラスをさっと外した。

その顔を見た野球帽の女性が、「ち、千枝さん!」と声を発する。

——千枝さん?

慌てて白いハットの女性へと視線を向ける。

この人、まさか——。

「やっぱりね。あの人がコウくんママだった」

日菜子が耳元に口を寄せてきて、涙声のままこそりと囁いた。

「お前、気づいてたのか」

「なんとなく、ね。万全すぎる日焼け対策とか、最前列に大きなレジャーシートを敷いて陣取ってる姿とか……そういうところがブログのイメージと合う気がするなぁって」

日菜子は白いハットの女性を横目で見やり、そっとため息をついた。

「途中で電話をかけたりスマホを操作したりしてたのは、遅れて来るはずのお父さんに連絡を取ってたんだと思う。プログラム十番の親子競技までに来てくれないと困るから。でも結局仕事か何かでお父さんが間に合わなくて、お母さんが出ることにしたみたいだね」

先ほど、白いハットの女性がやけに慌てながら移動を開始していたことを思い出す。ロングスカートにパンプスという格好で障害物競走に出ることになってしまい、動揺していたのだろう。

白いハットの女性——こと千枝夫人が、目を吊り上げて野球帽の女性を一喝した。

「犯人は、夏野さんだったんですね」

「夏野さん？」

その苗字に聞き覚えがあるような気がして、思わず呟く。

「え、もしかして、ライバル子役の？」

「そうです」

千枝夫人がきっぱりと言い放った瞬間、隣で日菜子が「えっ」と声を上げた。「ストーカーじゃなかったの」という困惑したような呟きが聞こえる。

さすがの日菜子も、この展開は予想していなかったようだった。

「来週の映画のオーディションに、コウちゃんが出られないようにするためですか？　最終選考に残ってるの、颯真くんとコウちゃんだけですもんね。ねえ、そうでしょう？　そのためにこんなことをしたんでしょう？」

千枝夫人が問い詰めると、夏野夫人は目を泳がせた。

どうやら、図星のようだった。

千枝航と並んで二大天才子役とされている夏野颯真は、先に成長期を迎えてしまったことで人気が落ち始めている。その母親はアピールしたがりな性格で、たびたびブログやSNSで息子自慢を繰り広げている。——今朝、そんなことを日菜子が言っていたのを思い出した。

このままだと、息子もろとも芸能界から消えてしまう。危機感に駆られた夏野夫人は、最終選考に残ったという今度の映画のオーディションにすべての望みを託した。このオーディションで勝ち残れば、息子は再ブレイクすることができる。だが、もし今回もライバルの千枝航が選ばれてしまったら——。

先ほどの犯行は、夏野夫人にとって、有利な立場にある千枝航を蹴落として息子の再起を図るための切り札だったのだ。

この事実から推測するに『コウくんLOVE』などという名前のアカウントで投稿をしたり、ファンを装って手紙やプレゼントを送りつけたりしていたのは、犯人像と自分を一致させないためのカモフラージュだったようだ。後々警察の捜査で『ファンと見られる女性が不審な行動を取っていた』ということになれば、ライバル子役の親である自分は真っ先に容疑者から外れると踏んでいたのだろう。

「あのぅ」

恐る恐るといった様子で、日菜子が千枝夫人に尋ねた。

「お母さんは、コウくんのそばを離れて大丈夫なんですか？」

「ああ、それなら大丈夫。あの子ったら、もう――」夏野夫人に対する怒りが収まらない様子の千枝夫人は、額にしわを寄せたまま、「コウちゃん！」と背後の人混みに向かって呼びかけた。

「はあい」

鈴の鳴るような声がした。直後、大人たちの腰の間から、小柄な少年がひょこりと顔を覗かせた。「こ、コウくん？」と日菜子が素っ頓狂な声を上げる。

「驚いた？　ごめんなさい」

千枝航が愛らしい笑顔を浮かべ、輪の中心へと抜け出てきた。白い着物と紺色の袴が土でずいぶんと汚れてしまっていて、肘は赤く擦りむけているが、その端整な顔には傷一つ見当たらない。

「僕さ、死んだふりをしてたんだ」

千枝航は両目をキラキラと輝かせ、楽しそうに言った。

「お姉ちゃんが、大きな声で叫んでくれたでしょ。あれが聞こえたから、朝礼台から飛び降りて逃げたんだ。そしたらすぐに、目の前で大きな爆発が起きたからびっくりしたよ。何も気づかずにあのまま朝礼台に乗ってたら、もっとたくさん怪我してたかもしれないね。それこそ、今度の映画のオーディションに出られないくらい」

お姉ちゃんありがとう、と、千枝航が日菜子に向かってぺこりと頭を下げた。日菜子は口を半分開いたまま、目を白黒させている。死んだと思っていた推しの子役が突然元気な姿で現れ、いろいろな意味で度肝を抜かれているようだ。

「犯人は颯真くんママかぁ」

千枝航が腕を組み、顔を斜めに傾けて夏野夫人を見上げた。

「そんなことだろうと思ったよ」

愛らしい笑顔を保ったまま、その声が冷たく凍る。背筋を氷で撫でられたような心地がして、翔平は思わず腕をさすった。

「コ、コウくん……生きてたんだね。あんなに血がいっぱい出てたのに」

魂の抜けたような声で、日菜子が呟く。すると千枝航はくるりとこちらを向き直り、再び明るい声を出した。

「びっくりさせてごめんね。あれ血糊《ちのり》だよ」

「……血糊？」

「舞台で使ったやつを、ちょっともらってきたんだよね」

千枝航は愛嬌のある笑みを崩さないまま、着物の袖から破れたビニール袋を取り出した。内側には、赤黒い液体が薄く残っている。

「変なストーカーが運動会を見に来るかもってことは、ママから聞いて知ってたんだ。だから、罠にかけることにしたの。応援合戦ではぼく一人で朝礼台に乗ります、プログラム何番で時間は何時から何時までです、ってホームページに載せておけば、ストーカーだったら必ず見るでしょ？　危ないことをしようとしてるなら、きっとこの情報を上手く使おうとするんじゃないかな、って」

やっぱりそのとおりになった——と言って、千枝航はころころと笑った。

「爆発が起こった後、とりあえずその場に倒れてみることにしたの。で、頭の周りには大量の血糊を撒いておいたの。だって、ほら、もし僕が死んだと思ったら大人たちが大騒ぎしてすぐに犯人を捕まえてくれるだろうし、犯人もびっくりして思わずジハクするかもしれないでしょ？　死ぬ演技は映画とかドラマで何回もしたことあるから、簡単だったよ」

天才子役の機転に圧倒され、翔平は数歩後ずさった。感心を通り越して、そこはかとない恐怖を覚えるのは自分だけだろうか。

千枝航が急にしゅんとした表情を作り、日菜子へとすり寄ってきた。

「僕の演技、上手かった？　お姉ちゃんも騙された？　ごめんね、泣かせちゃって」

「うん……ちょっとね」

目の端に溜まっていた涙を拭いながら、日菜子がか細い声を出した。推しがすぐそばにやってきて緊張しているのか、表情がだいぶこわばっている。

「さっきから気になってたんだけど、その名札、ちょっと古いの？　今年のは色が薄紫なのに、お姉ちゃんとお兄ちゃんのは濃いめの紫だよね」

千枝航が日菜子と翔平の胸についている名札を交互に指差し、不思議そうな口調で指摘した。顔からさっと血の気が引いた。思わず胸元の名札を強く握りしめる。

——まずいぞ。

名札を自作するにあたって、日菜子は去年以前のものを参考にしていたはずだ。

「ああ、これ？」日菜子が胸の名札を指差し、唇の端を震わせながら微笑んだ。「さっき受付でもらったんだけど、違う色の紙が混ざってたみたいだよ。並んでた名札の中に、ちょっとだけ色が違うものが、私たちのほかにもいくつかあったかなぁ」

「そうなんだ。同じ色の厚紙が足りなかったのかもね」

でも、おかしいな——と、千枝航は腕を組み、ちょっぴり首を傾げてみせた。

「フシンシャタイサクをちゃんとするために、毎年名札の色は微妙に変えることになってるのにね。僕が入学したときに、僕のお母さんが校長先生にお願いして、そうすることにしたんだよ。ファンの人が勝手にグラウンドに入ってきたら大変ですから、って。それなのに濃い紫と薄い紫が混ざってるなんて、フシンシャタイサクの意味がないよね？」

「へえ……そうだったんだ」

「お姉ちゃんとお兄ちゃんの名札の色は、なんとなく、去年のに似てる気がするんだけど——でも、まあ、混じっちゃってたならしょうがないかぁ」

千枝航は胸の前でポンと手を打って、輝くような笑顔を再び作った。

「悪いのは、フシンシャタイサクのことをちっとも考えないで、紫色の紙を二種類用意しちゃった先生たちだもんね。お兄ちゃんとお姉ちゃんは、なんにも悪くないよ。気にしないでね！」

そう言ってから、「じゃ、僕、警察の人たちのジジョーチョーシュを受けてくるね！」とおどけて敬礼のポーズをして、千枝航は大人たちの間を縫ってどこかへと走っていってしまった。

背中の毛が、さわさわと逆立つ。

「日菜」

翔平はそっと妹に呼びかけた。

幸い、目の前では千枝・夏野両夫人の言い争いが再び勃発していた。教師を含め、周りの大人たちは全員、子役の母親同士の醜い戦いに注目している。翔平と日菜子のことを気にしている人はいないようだった。

日菜子が近づいてきて、翔平の腕を取る。

そのまま、人だかりの外へとこっそり抜けだした。

黙ったまま校門の外まで歩く。すぐ前の道路には、ちょうどパトカーが到着していて、何やら叫びあいながら警察官が降りてきていた。学校の中へ向かっていく彼らと何食わぬ顔ですれ違い、ずんずんと歩く。

角を曲がった瞬間、翔平と日菜子は全速力で駅へと駆けだした。

「おい、やばいだろあいつ！　絶対気づいてたぞ」

翔平は息を切らしながら、斜め後ろを走る日菜子へと叫んだ。

「今、教師か警察を呼びに行ったんじゃないかな。あのままあそこにいたらどうなってたことか」

機転が利くとか演技が上手いとか、そういうレベルの話ではない。

——何なんだ、あの天才子役は。

「日菜、あいつと関わり合いになるのはもうやめとけ。このままだと、次に捕まるのはお前だぞ」

そう言い放ち、隣を走る妹の顔にちらと目をやる。日菜子は、眉尻を下げ、唇をきゅっと結んでいた。その目には、涙がたっぷりと溜まっている。

兄に忠告などされなくとも、分かっているのだろう。

大好きだった天才子役の笑顔に、無邪気さや素直さなどという要素は一つもなかったことを。

すべては計算と愛想で成り立っていたことを。

千枝航という人間は、子どもである以前に日本を代表する役者なのであり、大人顔負けの演技力と腹黒さの持ち主だったということを。

——今は、そっとしておこう。

翔平は妹に話しかけるのをやめ、黙って駅まで走ることにした。

家に帰って自室に戻ったら、あの愛らしい笑顔が翔平と日菜子を迎える。

そう考えると、急に気が滅《めい》入った。

こんなことなら――もしかすると、うつろな顔をした幽霊少年のポスターに囲まれていたほうが、まだましだったかもしれない。

第四話

覆面漫画家に恋をした。

ましころいど　@mashikoroid
【拡散希望】妻と連絡が取れません。昨日の夕方スーパーに買い物に行くと言って出かけたきり、未だに帰ってきません。書き置きもなく、交通事故や誘拐事件に巻き込まれた可能性も考えられます。妻が無事見つかるまで、四コマの更新はしばらく控えさせていただきます。申し訳ございません。

ましころいど　@mashikoroid
【拡散希望】外出時、妻はベージュのシャツワンピースに薄手の白いカーディガンという服装でした。少しでも心当たりがあれば、情報をお寄せください。よろしくお願いします。

＊

鼻歌を歌いながらノートパソコンに向かっていると、不意に、「うおお！」という感極まったような声が後ろから聞こえた。

日菜子は首を傾げ、くるりと椅子を回転させて部屋の中央へと向き直った。見ると、夕食後からずっと寝ていた兄がベッドの上で膝立ちになり、目と口を真ん丸に開いて壁を見つめていた。

「お前——もしかして」

感極まったように、兄がぷるぷると全身を震わせる。

「とうとう……この日が来たんだな」

「え、この日って？」

「日菜、やったな！　おめでとう！」

「だから何が？」

兄はパジャマのままベッドから降りて、満面の笑みをたたえながらこちらに歩いてきた。相手に賞賛を送るアメリカの大統領みたいに、日菜子のほうに指先を向けてゆっくりと拍手をしている。ちなみに、かれこれ四時間は眠り続けていた兄の頭には、ひどい寝ぐせがついていた。硬そうな黒い髪が、鉄腕アトムみたいに跳ねている。

「克服したんだろ、ようやく。この部屋の壁ってこんなに真っ白だったんだな、すっかり忘れてたよ。ああ、長かった。本当に長かったよ。あれは、日菜が小五のときからだから——」

「あ、違う違う！」

やっと、兄の思考回路を理解した。兄がきょとんとした顔をして、「違うって？」と尋ねてくる。

どうやら兄は、日菜子の追っかけ癖が落ち着いたと勘違いしたみたいだ。この部屋の壁から綺麗さっぱり写真が消えているから、推しがいなくなったと考えたのだろう。

残念ながら——まったく、そういうわけではない。

「あのね、貼る写真がないの」

「貼る、写真が、ない？」兄は腕を組み、眉を寄せた。日菜子の言っている意味が理解できないようだ。

「今の推しはね、『ましころいど』さんなの。知ってる？」

「誰だっけ。聞いたことある気がする」

「顔を出さずにネットで四コマ漫画の連載をしてる人だよ。年齢は非公開だけど、三十代前半くらいじゃないかな。はちゃめちゃな奥さんと、五歳と三歳の息子たちと四人で暮らしてて、家庭内のいろんなエピソードを四コマ漫画にしてるの。それが本当に面白くって！　センスが神だし、作画も超癒し系だし、性格が良さそうな感じがぷんぷんするし、もうホント惚れちゃう。しかも、個人でやってるウェブページで連載してて、なんと無料で読めるんだよ！　そんなボランティア精神を発揮しなくても、単行本で発売してくれれば私みたいなファンがお布施を投下してたちまちベストセラーになるのにね。私たちはいつだって、推しのＡＴＭになりたいと思ってるのにね」

「ああ、そういや昨日電車の中でその話をしてる女子高生がいたな。漫画のタイトル、何だっけ」

「『ましころいど家族』だよ。学校で鞠花に勧められて読んだらハマっちゃってね、もう全部の四コマを五回ずつは読んだかなぁ。五歳の息子ちゃんがトイレに落っこちてお尻がブルーレットで真っ青になっちゃった話とか、超おすすめ！　お兄ちゃんも読めば？　あ、そういえば、漫画にもぼんやりと出てくるんだけど、ましころいどさんの家は神奈川県内のどこかにあるみたいでね、もしかしたらそのへんですれ違ったことがあったりしてなんてね、考えたりすると胸が苦しくなっちゃってなんていうかもう——」

「はいはい。要は、覆面漫画家だから顔写真がないんだな」

日菜子渾身の推薦コメントは、兄にあっさりぶった切られてしまった。いつもこうだ。もう少し、きちんと話を聞いてくれたっていいではないか。

「あーあ、日菜のストーカー癖がようやく治ったと思ったのに、ぬか喜びだったか。誠に遺憾だ」

「ストーカーじゃなくて追っかけですぅ」

「でも、意外だな。日菜のことだから、たとえ作者本人の顔写真が出回ってないとしても、四コマ漫画そのものを大量にプリントアウトして壁中に貼りそうなものなのに」

「うーん、それはダメだよ」

「なんで?」

「著作権法違反」

「どうしてそこだけ法意識がしっかりしてるんだよ」

「あのね、お兄ちゃん。私、漫画も好きだけど、作者のましころいどさん本人に惚れてるの。その作者の写真が入手できない以上、壁のデコレーションは諦めるしかないの。分かる?」

「だったら、漫画のキャラクター紹介のページでも貼ればいいじゃないか。ドキュメンタリー漫画ってことは、作者本人が主人公なんだろ」

「えー、それは嫌。だって、ましころいどさん、自分自身のことはちょっと冴えない風に描いてるんだもん。私ね、現実世界のましころいどさんは、外見も中身も爽やかなイケメンだと思うの！　それをそのまま絵にしたら嫉妬されちゃうから、あえてあいうキャラデザをしてるんだよ。って考えたら、その冴えない姿を壁にぺたぺた貼るなんて失礼にあたるでしょ？」

「正気か？　相手は覆面漫画家だぞ。妄想もそこまでいくと才能だな」

兄は肩をすくめ、気落ちした顔で自分のベッドへと戻っていってしまった。枕元に置いていたスマートフォンを充電器から外し、パスコードロックを外して操作し始める。

日菜子もノートパソコンへと向き直った。ちょうど、『ましころいど家族』の百五十一話目が表示されている。奥さんが砂糖と塩を間違えて誕生日ケーキを焼いてしまい、三歳の息子が大泣きするというエピソードだ。妻と子を取りなす夫の心境が描かれていて、とても微笑ましい。

全二百話を超えるウェブ漫画ではあるが、ハマりだして二日目にして、日菜子はすでに六周目に取りかかっていた。ストーリーや台詞は三周目まででほとんど覚えてしまったものの、ふとした瞬間のキャラクターの表情など、細かな部分を観察し始めるといくら読んでも読み足りない。作者本人の顔写真を拝むことができない分、漫画からましころいどのすべてを読み取ろうと心が燃えてしまうのだった。

「今、ネットニュースを見てるんだけどさ。お前……相変わらずだな」

次の話を読み始めようとしたとき、突然、後ろから兄の声がした。

「ん？」

「事件引き寄せ体質だよ。お前が好きになった推しは、大抵、何かに巻き込まれる。殺人事件の犯人にされかけたり、不倫現場を週刊誌にすっぱ抜かれたり、運動会中にあわや爆殺されかけたりな。ホント、かわいそうに」

――え？

顔から血の気が引いた。慌てて振り返り、「何が起きたの？」と兄に尋ねる。

「今回もなかなかすごいぞ。ましころいどの奥さんが行方不明になったってさ。誘拐じゃないかって、ネットで大騒ぎになってるぞ」

＊

金曜日の放課後――日菜子が乗っているローカル線は、女子高生たちの悲痛な叫びに満ちていた。日菜子の高校だけでなく、周囲にある他の高校の生徒も、一様にましころいどの一件を噂しているようだ。

「もう、ホント、ありえないよね。つらすぎ」

目の前で吊り革につかまっている鞠花が、ぶらぶらと上半身を揺らした。その隣に立っている沙紀が、疲れ切った目で頷く。

「どんなにテストが大変でも、部活で嫌なことがあっても、『ましころいど家族』を読んだらほっこりできたのになあ。これからはどうやって気持ちを切り替えたらいいんだろ。生きる気力がなくなっちゃうよ」

「あれ、沙紀、そういえば今日部活は？」

「行く元気がなくなった」

沙紀の返事を聞き、鞠花が驚いた顔をした。文芸部の幽霊部員である日菜子や帰宅部の鞠花と違って、弦楽部に所属している沙紀はほぼ毎日部活に行っている印象がある。合わせ練習がない日でも自主練は欠かさないという沙紀が、午後三時に日菜子や鞠花とともに帰路についているのはなかなかに珍しいことだった。

そんな二人の前で、日菜子は一人座席に腰かけたまま、半ば放心状態で車内の中吊り広告を見上げていた。

無料で読めるウェブ漫画となると、すぐに飛びつくのが高校生だ。日菜子の知る限りでは、クラスのほとんどの生徒が『ましころいど家族』の愛読者だった。つい最近まで内容を読んだことがなかったのは、それこそ、別の推しの追っかけに日々邁進していた日菜子くらいだ。

そんな〝にわかファン〟である日菜子が、今ではましころいどに一番惚れ込んでいて、また間違いなく、クラス中で最も打ちのめされていた。

――奥さんが見つかったらすぐに、連載再開されるものと信じていたのに。

元凶は、今日の午前に更新された、ましころいどのツイートだった。

ましころいど　@mashikoroid

妻と先ほど連絡が取れました。家出は妻の意思だったそうです。僕との生活に疲れた、もうやり直せない、と告げられました。幸せに暮らしているというのはどうやら僕の思い違いだったようです。皆様すみません。もう漫画は描かないことに決めました。《ましころいど家族》は本日をもちまして終了します。

そのツイートが投稿された直後に、ましころいどの個人ウェブページが閉鎖されたという情報が飛び交った。

数学の授業なんかそっちのけで、みんな自分のスマートフォンで情報の収集や交換を始めた。昼休み中も、日菜子は鞠花や沙紀とともに必死になってウェブページへのアクセスを試み続けた。けれど、四コマ漫画が連載されていたURLをいくら叩いても、『ご愛読いただきありがとうございました』というシンプルな文字が表示されるばかりだった。

「奥さんが無事に見つかったのはよかったけどさ、こちらとしてはちょっと煮え切らないというか、納得できないよね。だって、あんなにはちゃめちゃなちぃママを支えてたのは、夫のましころいどさんだよ？」

鞠花が憤慨した口調でまくしたてた。ちぃママというのは、四コマ漫画に出てくるましころいどの妻のニックネームだ。作者であり主人公である夫が『ましころいど』、小柄で元気がありあまっている妻が『ちぃママ』、五歳の息子が『たろー』、三歳の息子が『じろー』。以上四名が、愉快で賑やかな『ましころいど家族』の構成メンバーだった。

「あんなに優しくて包容力のある旦那さんに黙って突然家出するなんて、ちぃママ、ちょっとひどくない？　漫画の中でのわがままは可愛かったし、ネタとして抜群に面白かったけど、現実にこんなことするなんてちょっとがっかり。ツイートでファンに呼びかけてまで奥さんのことを捜してたましころいどさんが本当にかわいそう」

「でも、ねえ。漫画を描いてたのはあくまでましころいどさんだから、もしかすると、自分に都合よく脚色してたのかもしれないよ」

沙紀が顎に手を当てて、思案げに言った。「ちぃママは、漫画の中で変なふうに描かれちゃって、それで腹を立てたのかも」

「そんなことない！　絶対にない！」

日菜子は思わず座席から立ち上がった。ひどく驚いたのか、鞠花と沙紀が上半身を後ろに反らす。

「ましころいどさんはそんな人じゃないよ。自分の奥さんや子どものことを大げさに描いて、家族を傷つけたりするわけない。だって、『ましころいど家族』は、ちぃママや、たろーくんじろーくんへの愛にあふれてたもん！　あのましころいどさんが、大切な家族のことを、事実を捻《ね》じ曲げてまで笑いものにするはずないもん！」

「日菜ちゃん、自信満々だね」姿勢を立て直し、鞠花が苦笑した。「でも、同感かも。月曜に投稿してた奥さんが行方不明っていうツイートも、今朝の結果報告ツイートも、すごく真面目な書き方だったもんね。私も、ましころいどさんはいい人だと思う」

「そうだよ。だから私、ましころいどさんにはこんなところで挫折してほしくないの。本物の家庭が漫画の中みたいに上手くいかなかったからって、ましころいどさんが漫画を描くことまでやめる必要は絶対にないもん。『ましころいど家族』がノンフィクションじゃなくなっちゃっても、私は読み続けたいよ。私たちが求めてるのは、現実に存在する仲良し家族の実録ドキュメンタリー漫画じゃなくて、ましころいどという漫画家さんが描く、楽しくて可愛い四コマ漫画なの！」

おお、と車内にどよめきが起きる。日菜子の渾身の演説に、周りの高校生が聞き入っていたようだった。思いのほか注目されていたことに気づき、日菜子はぱっと顔を隠して赤面した。

「日菜ちゃんの言うとおり！『ましころいど家族』を更新する気分じゃないのは分かるけど、何も漫画やめる宣言をしたり、バックナンバーまで全部消したりしなくてもいいよね。ましころいどさんが描く四コマ漫画が大好きな人、この電車の中だけでもこんなにいっぱいいるのに」

日菜子の主張に勇気づけられたのか、鞠花も熱弁をふるった。

胸に手を当てて、日菜子は小さく頷いた。

——このままじゃ、ダメだ。

詳しい事情は知らないけれど、どうにかして、ましころいどには立ち直ってほしかった。

漫画家として。

そして、できれば、夫や父としても。

＊

よおし、と息をついて、腰に両手を当てた。腕まくりをして、じっと勉強机の上のノートを見つめる。

すっかり夜は更けて、現在の時刻は深夜二時過ぎだった。明日が土曜日だから気が抜けているのか、兄は部屋の反対側に据えられているベッドに寝転がりながら、携帯ゲーム機でアクションゲームをしている。大学生というのは、みんなこれくらい暇しているものなのだろうか。兄が大学生の標準だとはとても思えない。

その傍らで、日菜子は何時間もかけて、『ましころいど家族』に出てきた台詞やエピソードの中で気になる部分をノートに書き出していた。

公式ウェブサイト上のバックナンバーはすべて消えていた。ただ、いいのか悪いのか、インターネット上には四コマ漫画のスクリーンショットが多数出回っている。日菜子はそれらの画像を一つ一つ確認し、どうしても見つからない話は記憶を頼りにノート上に再現していった。

「たぶん、これで——」

ノートを両手で持ち上げて、赤いペンで印をつけた行をチェックする。

——ヒントは、すべて出そろったはず！

「ねえねえお兄ちゃん、今、暇？」

椅子をくるりと回して話しかける。ベッドに寝転がって携帯ゲーム機を操作している兄は「ああ、うん」と生返事をした。

「じゃあ、私の推理が間違ってないかどうか聞いてほしいんだけど、いい？」

「推理ぃ？　あ、ごめん、今ちょっと次のステージ始まっちゃったから——」

「私とゲーム、どっちが大事なの」

「ゲーム」

「ひどっ」

「嘘だって。五分だけ待っててくれよ」

兄はそう言って、きっかり五分後に携帯ゲーム機を閉じてベッドから立ち上がった。

いつもゴロゴロしているのに、こういうところは意外と律儀だ。

「にしても、今日はノートに向かってずいぶん集中してるなと思ったら、案の定勉強ではなかったわけか」

お前は勉強を始めると五分に一回は集中力が切れるからな——とニヤニヤしながら、兄がこちらに近づいてきた。こんな兄だけれど、学校の成績はそこそこよかったという話だから、定期テストの学年順位がホバークラフト並みに低空飛行している日菜子は何も言うことができない。

「で、推理って？　ましころいど関連？　あの人、奥さんに逃げられて、もう漫画は描かないって宣言したんだってな。今日もまたネットニュースに上がってたけど」

「うん。だから、家まで行って説得しようと思って」

「はあ？　い、家？」

兄が仰け反って、ぱちくりと目を瞬いた。

「お前——確か、『推しに接触しない』とかいうポリシーを掲げてなかったか」

「違う違う。『推しに迷惑をかけない』」

「ほとんど一緒だろ。それなのに、どうして家に押しかけるって発想になるんだ。有名人の自宅に突撃するなんて、迷惑行為中の迷惑行為じゃないか」

「今回は緊急事態だよ！　だって、このままだとましころいどさんが漫画家をやめちゃうかもしれないんだから。私ね、こういうファンが全国にたくさんいるってことをきちんと知ってほしいの。ましころいどさんって、本名も顔も勤め先の会社も隠して、書籍化もしてないからたぶん出版社との付き合いもなくて、ファンとの交流もしたことがないんだと思う。だから作品をこんなに待ち望んでる読者がいるってこともよく分からずに、『もう漫画は描かないことに決めました』なんていう発言を軽々しくしちゃったんだよ。きっとそう！」

「通報されたらどうするんだ」

「ましころいどさんはそんな人じゃないよ！　こちらの話も聞かずに警察に電話するような人に、あんな優しくてほのぼのする漫画は描けっこない。きっと、迷惑顔なんかしないで、私の気持ちを真正面から受け入れてくれるはず。神対応か塩対応でいったら、絶対に神対応してくれるタイプだよ。そうに決まってる」

「あーあ。こうなると、お前はもう俺の話なんか聞き入れないもんな」

兄は困ったような顔でガリガリと頭を掻き、「俺はついていかないぞ」と宣言した。

直後、「ん？　待てよ」と首を傾げる。

「根本的な問題を忘れてたけど——そもそも、顔も分からない覆面漫画家の住居をどうやって特定するんだ」

「だから、その推理を聞いてほしいって言ってるの」

日菜子はノートを兄に突きつけた。赤い印がついている行を指し示し、読むように促す。

ここ数時間にわたって日菜子が『ましころいど家族』のスクリーンショットを集めてはじっくりと眺めて分析していたのは、四コマ漫画の中にちりばめられた情報から、実在するましころいどの住まいを割り出すためだった。

全二百話を超える『ましころいど家族』の四コマ漫画のうち、三つの話の台詞や設定に日菜子は目をつけていた。

一つ目は、記念すべき第一回の四コマだ。じろーが生まれたことをきっかけに、新しい家探しをするところから物語は始まる。冒頭の語りには、四角い枠で囲まれた『神奈川県某所――』という文字があった。ちぃママが「駅徒歩三分以内の2LDKのメゾネット、家賃十万以内」という厳しすぎる条件を掲げ、それを叶えるためにましころいどが「無理だよぉ」と弱音を吐きながら東奔西走する姿が描かれている。

二つ目は、家族でショッピングに行く話だった。派手で可愛い子ども服を売っている『ママウェイズ』という店に行こうとするのだが、せっかく家から徒歩十五分ちょっとのところにその店が入ったショッピングモールがあるのに「歩くのがだるいから駅直結のところにすべし」とちぃママが言い出す。そこで仕方なく、電車で十分ほど行ったところにある別のママウェイズの店に行くことになった――というところから話が始まっていた。

三つ目は、ましころいどと長男のたろーが、電車を一駅手前で降りて家まで散歩をするというストーリーだった。綺麗に見える富士山の写真を撮ったり、大きな川の上にかかる橋を渡ったりと、身近なところにある風景にはしゃぎ回る長男たろーの姿が微笑ましく描かれている。オチは、長男と仲良く遊ぶ夫に嫉妬したちぃママが、次男のじろーをベビーカーに乗せて家の方向から猛スピードで突進してくるというものだった。

「まず、一つ目の印のところだけど――この第一話目だけで、ましころいどさんの自宅が『神奈川県内』『2LDK』『駅徒歩三分以内』『メゾネット』『家賃十万以内』であることが分かるよね。物件サイトで検索してみたけど、神奈川県全体でも、この条件に当てはまる物件は一握りしかなかった。もちろん物件サイトに載ってるのはごく一部なんだけど、駅チカで家賃の安いメゾネットはやっぱりすごく少ないんだと思う。ってことは、最寄り駅さえ分かれば、探すのは簡単なんじゃないかなって」

「まあ、地道に探し回ればいけるかもな。でも、神奈川県内には電車の駅なんて無数にあるぞ」

「それがね、けっこう絞り込めるんだよ。ここを見て！」

日菜子は椅子から身を乗り出し、二つ目の赤い印を指差した。

「『ママウェイズ』っていう子ども服のお店は、神奈川県内に二十店舗あるんだって。この四コマ漫画では、せっかく家から徒歩十五分ちょっとのところにママウェイズが入ったショッピングモールがあるのに、ちぃママの提案でわざわざ電車に十分乗って、駅直結のお店に行ってた」

「この情報がヒントになるってことだな」

兄の言葉に、日菜子はこくりと頷いた。

「ましころいど家は駅から徒歩三分以内だから、ママウェイズの店舗から最寄り駅までも、だいたい徒歩十五分から二十分と考えられるよね。そうすると、けっこう場所が絞れてくるんだ」

日菜子はマウスへと手を伸ばし、さっき開いておいた子ども服ママウェイズの公式ホームページを呼び出した。兄が横からパソコンの画面を覗き込んでくる。

「まず、神奈川県内のママウェイズの店舗のうち、駅からだいたい徒歩十五分かかるショッピングモールに入っている店舗は、平塚店、藤沢店、綱島店、小田原店の四つ。それから、駅直結の施設に入っているママウェイズの店舗は、みなとみらい店、東戸塚店、辻堂店、横須賀中央店の同じく四つ」

兄がついてこられるように、日菜子は神奈川県の地図上に示された店舗の位置をゆっくりと指し示していった。兄がふむふむと頷き、胸の前で腕を組む。

「で、これらの店舗のうち、電車での移動時間が約十分という条件を満たすのは、平塚店＝辻堂店の組み合わせと、綱島店＝みなとみらい店の組み合わせの二つのみ。平塚から辻堂は、JR東海道線で二駅。綱島からみなとみらいは、東急東横線とみなとみらい線が直通になって急行で三駅」

「それは、つまり」

兄はパソコンの画面をじっと見つめながらしばらく考え込んだ。

「ましころいどの自宅は、東海道線の平塚駅付近か、東急東横線の綱島駅付近にある……ってこと？」

「そういうこと！　お兄ちゃん、意外と頭の回転速いね」

「万年赤点のお前にだけは言われたくない」

兄はそう吐き捨ててから、「平塚と、綱島か」と天井を仰いだ。

神奈川県の南、相模湾に面する平塚市と、横浜市港北区内にある綱島。この二つでは、土地の雰囲気も都心からの距離も全然違う。ましころいどがサラリーマンとして都内に通勤する兼業漫画家であることを考えると綱島のような気もするし、家賃の安さを考えると平塚に軍配が上がりそうだ。両方の駅を見に行ってしらみつぶしに探すことも不可能ではないけれど、同じ横浜市内の綱島はともかくとして、平塚は少々遠い。できればどちらか確定させておきたいところだった。

「その二択なら、簡単に分かりそうなものじゃないか？　都会っぽいか郊外っぽいかとか、何かしら漫画の背景に現れるだろ」

「それがねえ、そうでもないの。ましころいどさんの絵、見たことある？　全体的に線が少なくて、背景もほとんど描き込まれてないんだよね。あえてぼかしてるのか、そういう絵柄なのかは分からないけど」

「じゃあ、ツイッターでの発言内容はどうだ？　ＳＮＳ分析はお前の得意分野だろ」

「もちろん全部チェックしたよ。でも、家の周りの写真は一切載せてないし、神奈川県内の具体的な場所を示すようなヒントは全然なかった。位置情報がついてるツイートもなし」

「ふうん。けっこう徹底して隠してるんだな」

兄は感心したように目を細め、「でも、まだヒントはあるんだろ」と手元のノートに目を落とした。

「うん。そこで目をつけたのが、三つ目の赤い印——隣駅から最寄り駅まで歩いたときの、周りの風景。この話には、富士山をバックに写真を撮るコマと、大きな川にかかる橋を渡るコマがあるの。建物とか標識は曖昧に描かれてるけど、富士山と川だけはしっかりと描かれてる」

「よく読み込んでるなあ。富士山が見えるスポットと大きな川が近くにあれば特定完了ってわけか」

日菜子はブラウザ上で別のタブをクリックし、今度はグーグルマップを表示した。

「でね、平塚と綱島それぞれの地形を調べてみたんだけど——」

地図上の水色のラインを一つ一つ指でなぞりながら、日菜子は兄に丁寧に説明していった。

「平塚駅付近には、上り方面の茅ケ崎駅との間に相模川、下り方面の大磯駅との間に花水川《はなみず》って川があるみたい。で、綱島駅の周りには、下り方面の大倉山駅との間に鶴見川があるの。上り方面の日吉駅との間には何もなかったんだけどね」

「意外と川だらけだったか。でも、大きな川ってことは、相模川と鶴見川が有力じゃないか？」

「私もそう思って、茅ケ崎・平塚間と、大倉山・綱島間に照準を絞ったんだ。だけど、ちょっと調べた感じ、どちらも場所によっては富士山が見えるらしくて……決め手がないんだよねぇ」

日菜子はそっとため息をついた。ヒントを書き出して、候補を平塚と綱島の二つに絞り込んだところまではよかったのだけれど、ここから先に進めずにさっきからずっと唸《うな》っていたのだった。

「いやいや、それなら簡単だろ」

兄がきょとんとした顔で言う。日菜子は思わず「へ？」と間の抜けた声を出した。

「もしかして——お兄ちゃん、分かったの？」

「ああ、たぶんな。日菜がここに描いてる大まかな四コマの図だけどさ、進行方向に対する富士山の配置は合ってるか？」

ノートの中を指差しながら、兄が尋ねてきた。覗き込むと、日菜子が簡単に写した四コマ漫画の中では、歩いている方向に対して左側に富士山が描かれていた。「合ってるはずだけど」と答えると、兄は得意げな口調で「なら簡単だ」と断言した。

「茅ケ崎も平塚も、神奈川県の南の端——相模湾に面する土地だろ。昔は江戸と京を繋ぐ道を東海道と言ったが、まさにその道を下り方面に歩くことになる。神奈川県の南の端を、相模湾に沿って東から西へ歩いたとき、富士山が見えるのはどっちだ？」

「左は太平洋だから……右側かな？　それか、真正面？」

「そのとおり。反対に、大倉山から綱島は上り方向だから、横浜市内を南から北へ歩くことになる。神奈川県内で北に向かって歩く場合、静岡と山梨にかかる富士山が見える方向は――」

「左だ！」

日菜子は椅子から飛び上がった。「お兄ちゃん、すごい！　やるじゃん！　ありがと！」と、兄の手を強く握ってぶんぶんと振り回す。

「ましころいどさんが住んでるのは、綱島だったんだね。私たちと同じ横浜市だったなんて嬉しい！　明日、さっそく行ってくるね」

「くれぐれも警察に捕まらないようにな。あくまで正攻法で行ってくれ。ましころいどと話すのは、きちんとドアチャイムを鳴らして、相手が応対してくれた場合のみだぞ。上手くいかなかったときは、すぐに帰ってこい。あと、勝手に郵便物を漁《あさ》らないこと。ベランダからの不法侵入も禁止だ」

「分かってる」

兄は、最近寛容になったように思う。運動会の一件で、追っかけにすべてを懸けている日菜子の気持ちをちょっとは理解してくれたのかもしれない。

「じゃ、おやすみなさい」

日菜子は兄の背中を押してベッドへと戻し、放り出されていた携帯ゲーム機を持たせてから、自分のスペースへと戻った。「おやすみ」と兄に向かって手を振り、部屋の真ん中を仕切るアコーディオンカーテンを閉める。

明日は、忙しい一日になりそうだった。

＊

土曜日の昼下がり——日菜子はすっかり疲れ切って、綱島駅近くの不動産屋前に佇《たたず》んでいた。

気合いを入れて七センチヒールの真っ赤なサンダルを履いてきてしまったせいで、足先が痛かった。額には汗が伝っている。一時間以上かけたメイクが崩れないか、さっきからずっと気になっていた。

「おかしいよ。どうして……」

手元のスマートフォンに目を落とす。不動産屋という不動産屋は回ったし、それでも諦めきれずに綱島駅から半径二百四十メートル圏内にあるメゾネットタイプの家を三時間以上は探し歩いた。しかし、捜索結果は、「駅から徒歩三分以内のメゾネット？　2LDKで家賃十万以内？　そんな破格の物件は聞いたことないな」「2LDKのメゾネットとなると、駅徒歩十分以上のところでも十三万はするからねえ」という不動産屋の言葉を裏づける結果となってしまった。

そんな家は、どこにも見つからない。

——もしや、綱島ではなかった？

嫌な予感が胸の中でくすぶる。

次の瞬間、手に持っていたスマートフォンが震え始めた。『お兄ちゃん』という表示を見て、即座に通話ボタンを押す。

「もしもし？」

『ああ、日菜。どうだ、見つかったか』

兄ののんびりとした声が聞こえてきた。「どうもこうもないよぉ」と日菜子は情けない声を出す。

「全然ダメだった。横浜のこのあたりでそんな条件の家があるわけないって言われちやった。一軒くらい、お値打ち物件があってもおかしくないのに。昨日の推理、どこか間違ってたのかなぁ」

『そうか、やっぱり』

兄はまったく驚いた様子がなかった。まるで、こうなることを予想していたみたいだ。

「やっぱりって――何？」

『いやあ、ちょっと気になって調べてみたんだけどさ。実は茅ケ崎・平塚間にもあるらしいんだよね。富士山が左手に見える場所』

「え？」

『《南湖《なんご》の左富士《ひだりふじ》》っていうらしいよ。茅ケ崎から平塚に向かって歩くときは、途中ずっと国道一号線を通るんだけど、鳥井戸橋《とりいどばし》っていうところで、その道がぐっと北西に向かって折れ曲がってるんだって。江戸から京都に下る東海道で、珍しく進行方向左手に富士山が見える場所――ってことで、歌川広重が東海道五十三次の名所として浮世絵を描き残したくらい有名な景勝地なんだってさ』

「ってことは」

『うん。四コマ漫画の舞台になっていたのは、この場所の可能性が高い。きちんと記念碑も立ってるフォトスポットらしいしな』

ごめんごめん、という笑い声が電話の向こうから聞こえた。

「それ、もっと早く知りたかったよぉ」

『しょうがないだろ、ついさっき起きたんだから』

「寝すぎ！　私なんて朝から四時間は歩き回ってるのに！」

『そんなこと言われても、なあ。昨夜は日菜だって納得してたじゃないか。文句を言うならもう少し神奈川の地理を勉強してからにしてくれ』

「だって、道が北西に向かって曲がってる場所があるなんて、知るわけないよぉ」

兄に向かって愚痴を垂れ流しながら、日菜子は大急ぎで綱島駅の改札へと駆け込んだ。


東急東横線で横浜駅まで出て、東海道線に乗り換えて四十五分。およそ一時間かけて、日菜子はようやく平塚駅へと辿りついた。

駅のそばにある不動産屋に飛び込んで、暇そうなスタッフに片っ端から聞き込みをした。綱島ではまったく手がかりがなかったのに、「このへんにメゾネットがいくつか建ってるよ」「この前部屋の空きが出ていた物件かな。今の家賃は十一万だけど」

など、有力な情報がいくつか集まった。『ましころいど家族』から読み取れるおおよその間取りを伝えると、さらに候補が絞り込まれた。

物件を借りるはずもない女子高生にも丁寧に接してくれたスタッフに礼を言ってから、日菜子はスマートフォンを手に街へと走り出した。

有力なのは、平塚駅南口ロータリーからすぐの場所だった。駅ビルや銀行が立ち並ぶ東口とは違って、少し歩けばすぐにちょっとした住宅街だ。メゾネットタイプの建物も横浜市内より多かった。

先ほどの聞き込みで最も可能性が高いと判断した三つの物件は、いずれもこの近くにあった。日菜子は手元のスマートフォンでグーグルマップを立ち上げ、メゾネットタイプの物件を一つずつ回っていくことにした。

一軒目は、比較的新しそうなベージュの建物だった。

駅チカのわりに広そうで、なかなか住みやすそうな家だ。

二階には広いベランダがある。一階部分には茶色い玄関のドアが三つついていて、それぞれ表札が掲げられていた。

「あれ?」

真ん中の家の前で、思わず目を留める。

──ずいぶんと、分かりやすい。

表札に書かれた二文字をじっと見つめ、日菜子は立ち止まったまま思案した。あたりを窺って人がいないことを確認してから、そろそろとインターホンの脇に立っている郵便ポストへと近づく。受け口を人差し指で押し開けると、レディースファッションの通販のカタログが中に入っているのが見えた。宛先は、『益子《ましこ》七海《ななみ》様』となっている。

──ビンゴ！

四コマ漫画の中にも、ちぃママが通販のカタログを見ながらあれこれと悩むシーンがある。推測するに、七海というのは、おそらく家を出ていってしまった妻・ちぃママの本名だった。

候補の筋がよかったとはいえ、一軒目で見つかるとは運がいい。

ゆっくり深呼吸をしてから、恐る恐るインターホンを押した。数秒の後、『はあい』というのんびりとした女性の声がスピーカーから聞こえてきた。

──ん？　女性？

ちぃママだろうか。

いや、そんなはずはない。彼女はすでに出ていったのだ。

少々混乱しながらも、『旦那様はご在宅ですか』とよそゆきの声で尋ねた。『主人ですか？　はいはい』という声がして、通話がいったん途切れた。

そわそわしながら待っていると、ガチャリと音がして玄関のドアが開いた。出てきた人物を見て、目を丸くする。

ドアの向こうに立っていたのは、茶色のニットベストを着た白髪のおじいさんだった。

「え」思わず絶句する。「あの、益子さんですか？」

「はい、そうですが」

——このおじいさんが、ましころいどさん？

パニックになりそうになってから、いやいや待て待て、と自分に言い聞かせる。

たぶんこれは、こういうことだ。

ましころいどは、実は、自分の両親と同居していた。目の前のおじいさんがましころいどの父で、さっきインターホン越しに話した女性がましころいどの母。

つまり、ましころいどは、四コマ漫画に出てくる登場人物の数を実際よりも絞っていたのだ。本当は六人家族だったのを、四人家族ということにして漫画に描いていた。

ということは——。

「すみません、間違えちゃいました。息子さん、いらっしゃいますか」

「ん？　娘ならいるけども」

「娘さん？」また頭が混乱する。「ああ、えっと……七海さんですね」

「今呼んでくるから」

日菜子の反応もろくに見ずに、白髪のおじいさんは家の中へと引っ込んでしまった。どこかの窓が開いているのか、「七海、お客さんが来ているよ」というおじいさんの声が聞こえてくる。

すぐに、パタパタと階段を下りてくる音がして、玄関のドアが再び開いた。

出てきたのは、小柄な女性だった。ジーンズにパーカーというカジュアルな格好で、縁が茶色い眼鏡をかけている。年齢は、三十代前半くらいに見えた。

「あの」相手が口を開く前に、日菜子は問いかけた。「益子七海さん、ですよね。ましころいどさんの奥さんの」

女性は眼鏡の奥の目を丸くした。ましころいど、という単語を日菜子が口にした瞬間、彼女の肩がぴくりと動いたのを日菜子は見逃さなかった。

「そ、そうですけど」

大人しそうな女性が、目を逸らしておどおどと言う。

四コマ漫画で描かれるちぃママとは、外見も性格も、だいぶ異なるようだった。

もしかすると、自分に都合よく脚色してたのかもしれないよ——という沙紀の発言を思い出し、そこはかとない不安に襲われる。

「突然押しかけちゃってすみません。ちょっと、ましころいどさんにお話ししたいことがあって。今、いらっしゃいますか」

「あの」益子七海が困ったような顔をした。「ご存知かもしれませんけど、今、夫とは一緒に住んでいないんです」

「住んでいない？」日菜子は思わず目を瞬いた。「あの……ここって、ましころいどさんのご自宅ですよね？　ましころいどさんのツイートだと、奥さんが家を出ていったとありましたけど……違ったんですか？」

恐る恐る尋ねると、「実は、逆なんです」という消え入りそうな声が聞こえてきた。

「この家には、入居したときからずっと、私の両親が一緒に住んでいるんです。だから、実の娘の私がここを去るっていう選択肢はなくて」

「家を出ていったのは、ましころいどさんのほうだったってことですか？」

「はい。息子二人も、夫が連れていきました」

益子七海の答えを聞き、日菜子は足から力が抜けていくのを感じた。

──ここに、ましころいどさんはいない。

今日一日の日菜子の頑張りは、すべて、無駄だったのだ。

「じゃあ、誘拐とか、事故の可能性があるっていうのは──」

「嘘です。そんな事実はありません。妻と別居したなんてことをいきなり書いたら信じてもらえないから、少し話を大きくしたかったんじゃないでしょうか。自分ではなく妻が出ていったことにしたのも、便宜上そうせざるをえなかっただけだと思います。本当は、夫婦できちんと話し合いをして、別居を決めたんですよ」

「そんな……」

「夫が突然あんな騒動を起こしてしまって、ファンの皆さんにも申し訳ないです」

日菜子はがっくりと肩を落とした。ましころいどが嘘をついていたなんて、信じたくなかった。ああいう漫画が描けるということは、優しくて思いやりがあって、正義感のある人だと思っていたのに──。

日菜子がこぶしを震わせている間、目の前に佇んでいる益子七海はじっと目を伏せていた。その悲しそうな顔を見ているうちに、じわじわと熱い思いが込み上げてきた。

「七海さん──いえ、ちぃママは、ましころいどさんのことが嫌いですか」

「え？　それは……まあ、悪い人ではないですけど」

「だったら、もう一度やり直せませんか。ちぃママとましころいどさんとの間に、何があったかは知りません。でも、あの漫画を読んでいれば分かるんです。ましころいどさんが、何よりも家族を大切にしていて、ちぃママや息子さんたちを心から愛しているってことが。だから、仲直りできませんか？」

「それは無理です。ましころいどとの関係は――夫がツイッターで発言していたとおり、もう終わってしまいましたから」

「お願いです。だったら、ちぃママの口から、ましころいどさんを説得してもらえませんか。ましころいどさんが描く漫画が大好きな人たちが、世の中にはたくさんいるんです。それなのに、漫画を描くこと自体をやめてしまうなんて、もったいないです。私たちファンは、悲しい気持ちでいっぱいです。そう、ましころいどさんに伝えてもらえませんか」

面食らった顔をしている益子七海に向かって、日菜子は懇願の言葉を並べ立てた。

しかし、同時に――日菜子の頭の中では、ある疑問が首をもたげた。

――もしかして。

胸が締めつけられる。

少し考えただけで、いくつかの違和感が、みるみるうちに繋がっていった。

——やっぱり、そうとしか考えられない。

気づいてしまった以上、無視することはできない。だけどそれは、どうしても信じたくない事実だった。

ドクドクと波打っている心臓のあたりを押さえ、ゆっくりと気持ちを落ち着けた。

覚悟を決めてから、日菜子はゆっくりと顔を上げた。

「突然押しかけた上に、こんなお願いをしてごめんなさい。でも、私だけじゃなくて、多くの読者が待っているんです。毎日毎日、最新話の更新をずっと楽しみにしてたんです。お願いします。何も、『ましころいど家族』じゃなくたっていいんです。フィクションとかノンフィクションとかは関係ありません。別の漫画を新しく考えて発表してくれたら、それでファンは喜びます。ましころいどさんが描いた漫画に支えられて生きている人たちが、世の中にはたくさんいます。私もそのうちの一人です。ましころいどさんが心を込めて描いた漫画なら、何でも応援します。どうしてもこのことを伝えたくて、今日はこんなところまで追いかけてきてしまいました」

日菜子は一瞬言葉を切って、益子七海の顔を真正面から見つめた。

「七海さん。これ、私、ちゃんと気づいた上で言ってます。あの——」

そして日菜子は、一つ質問をした。

益子七海は一瞬目を見開いて、ぽろぽろと大粒の涙を流した。

＊

先ほどから、メッセージアプリの通知が止まらなかった。

『ましころいどさん、活動再開！　最高！　信じられない！』

『別れた奥さんに説得されたんだってね。《ましころいど家族》を終わらせるのはともかくとして、漫画を描くことまでやめるのはおかしい、って。よかったぁ！』

日菜子が何も発言していないのに、鞠花と沙紀の会話がどんどん溜まっていく。

スマートフォンを勉強机の端に置いて、日菜子は力なく首を振った。

「どうしたんだよ、嬉しくないのか」

後ろから声がかかる。兄が歩いてくる音がして、机の上に灰色の影が落ちた。兄はしばらくのあいだ何も喋らなかった。日菜子のスマートフォンの通知画面に次々と表示される、鞠花と沙紀からの新着メッセージを読んでいるようだった。

「お前、昨日帰ってきたときからなんか変だぞ。どうしてそんなに不機嫌なんだ」

「別に」

「ましころいどには無事会えたって言ってたよな」

「まあ」

「じゃあやっぱり、さっきニュースでやってた漫画家活動再開って、日菜が何か言ったおかげなのか？」

「分かんない」

「冷たいなあ。あんなに意気込んでたのに、急に興味なくなりすぎだろ。もしかして、現実のましころいどさんがお前の妄想よりも不細工で、がっかりしたとか？　それはさすがにましころいどさんがかわいそうだぞ。覆面漫画家のルックスに対して期待しすぎたお前が悪い。せいぜい反省しとけ」

勝手なことを言い捨てて、兄は自分のスペースへと戻っていった。

――理想が高すぎたわけでは、ない。

日菜子は昨日、益子七海に対してこう聞いたのだった。

「あ、あ、あなたが、ま、ましこ、ろ、い、いど、さ、さん、本、人、なん、で、す、よ、ね」――と。

決定的な証拠となったのは、『益子』という二文字だけが刻まれた表札だった。

最初、あの表札を見て、日菜子はあの家がましころいどのものだと確信した。益子七海という郵便物の宛先は、すなわち妻のちぃママを指していると推測した。高齢の男女が同居していたのは驚いたけれど、それもましころいどの両親と考えれば辻褄《つじつま》が合った。

しかし、玄関先に出てきた益子七海が語ったのは、まったく別の事実だった。高齢の男女は入居当初から一緒に住んでいる益子七海自身の両親で、夫のましころいどと二人の息子たちは数日前に家を出ていったのだと彼女は話した。

これは、明らかにおかしい。

ましころいど夫婦の姓が『益子』だとすると、婿養子でもない限り、妻の両親の姓は別のものであるはずだ。入居当初からずっと一緒に住んでいるという説明が本当なら、どうして一方の姓だけを刻んだ表札を掲げているのか。

そもそも、益子七海の父親とみられる白髪のおじいさんに対して「息子さん、いらっしゃいますか」と日菜子が訊いたとき、返ってきた言葉は「娘ならいるけども」というものだった。もしあの家に最近まで娘夫婦と同居していたのなら、「息子さん」というのは娘の夫のことを指していると理解し、「今は家にいません」などと説明しそうなものだ。それなのに、あの高齢男性は、娘のことしか喋らなかった。

——この家にはもともと娘しかいない、とでも言いたげに。

真実に辿りついた日菜子の前で、益子七海という名の覆面漫画家は、何かが吹っ切れたように泣き続けた。

『ましころいど』というハンドルネームで漫画を描き始めたのは、もう十年以上も前になる——と、彼女は嗚咽《おえつ》交じりに語った。

就職活動に失敗し、ショックで大学にも行けなくなって、そのまま引きこもり生活になだれ込んだ。いつまで経っても外に出られず、働いた経験もゼロのまま、年月が過ぎていった。

そんな中でも、もともと好きだった漫画だけは、自分の部屋で描き続けていた。ジャンルは少女漫画。これを仕事にすることができたら両親にも恩返しができると信じ、懸命に作品を仕上げては出版社に送っていた。だが、いくら努力しても、漫画家として芽が出ることはなかった。

何度か出版社からもらったコメントは、どれも似通っていた。「主人公が魅力的でない」「もう少し明るく前向きな主人公にしてみたらどうか」「登場人物に感情移入しにくい」——その一つ一つが、胸に突き刺さった。

引きこもり生活が十年を超えた去年、半ばやけになって、以前から使用していた『ましころいど』という名前でツイッターのアカウントを作った。都内の会社に勤めながら妻と息子たちと面白おかしく暮らしている、三十代の育メンパパ——という架空のプロフィール設定をした上で、ノンフィクションと銘打って四コマ漫画の更新を始めた。

自分とはまったく違う、架空の人物。

理想的な仕事と家庭を持つ、自分とは正反対の男性。

そんな彼になりきって漫画を描くと、不思議と筆が進んだ。全部が嘘だと思うと、驚くほど軽い気持ちで描くことができた。絵も複雑に描き込まず、必要最低限の線だけで構成することにした。

久しぶりに、漫画を描くのがとても楽しいと思えた。

ツイッター上で拡散された漫画『ましころいど家族』はたちまち人気になった。あっという間に、彼女は人気漫画家の仲間入りを果たした。

出版社から、インターネットを通じて書籍化の依頼もあった。しかしそうすると、ましころいどという漫画家の正体が実は引きこもりの独身女性で、四コマ漫画のエピソードはすべて架空のものだったということが出版社の人間にバレてしまう。そのことを恐れ、人と会う仕事は頑なに断った。漫画の連載場所は個人で作成したホームページへと移し、最新話更新のたびにツイッターにリンクを貼ることにした。広告収入で稼いだ金は、すべて家に入れた。

読者が増え、ツイッター上で届く感想が増えるたびに、苦しさは増していった。

『こんにちは。ましころいどさんと同じ育メンパパなので、いつも共感しながら読んでます』

『会社に通いながら漫画を描くのって、大変じゃないですか？　私も頑張らないとなぁと思いました』

悪気のない応援コメントが、次々と胸に突き刺さった。

自分は、読者を騙している。

ましころいども、ちぃママも、たろーも、じろーも——全員架空の人物だったと知れたら、読者はどんなにがっかりするだろう。

罪悪感ばかりが募った。押しつぶされそうになり、だんだんと筆も動かなくなった。精神が限界に達したのは、先週の月曜日のことだった。

もう、すべてを投げ出したくなった。そしてツイッターに、「妻・ちぃママ」の行方不明事件をでっちあげた。そういう事情ならしょうがない、と多くのファンに納得してもらうために絞り出した嘘だった。その後、騒ぎをできるだけ大きくして注目を集めてから、漫画はもう描かないと宣言し、筆をおいた。

そのまま、ひっそりと消えてしまおうと思っていた。

「でも――本当は、ずっとずっと、描き続けたかったんです」

益子七海はそう言った。

突然自宅を訪れた見知らぬ女子高生の前で、彼女は涙ながらに訴え続けた。心配した両親が玄関まで見に来ていたけれど、後ろを気にする様子は微塵も見せずに、益子七海は日菜子に向かって何度も頭を下げた。

「ありがとうございます。私の漫画を好きになってくれて。フィクションでもいいって言ってくれて。こんな遠いところまで来てくれて。私の漫画をこれからも読みたいって言ってくれて。すごく――すごく、嬉しかったです」

そう言いながら涙を拭いた益子七海に向かって、「これからも頑張ってください」と一礼してから、日菜子は黙ってその場を去った。

それから丸一日が経過した今日の夕方、ましころいどのツイッター上で、ウェブサイトを復活させることと、新しい四コマ漫画の連載を始めることが発表された。

もちろん、彼女が描く漫画をまた読むことができるのは嬉しかった。ましころいどの四コマ漫画は、読んでいてとても楽しい。絵が可愛いし、ストーリーが面白い。言葉の選び方が巧《うま》いし、キャラクターは愛らしい。

毎日更新される一話を読むたびに、ほっとした気持ちになれる。明日も頑張ろう、と前向きになることができる。

でも——。

「はあぁ」

大きなため息が漏れた。

偶像は、遠くから崇め奉るからこそ、光り輝いて見える。

日菜子がようやく見つけ出した推しの姿は——やっぱり、どうしたって、日菜子の想像とはかけ離れたものだった。

「やっぱり、女性を恋愛対象にするのは無理だよぉ」

日菜子はベッドにダイブした。枕に顔を当て、思い切り絶叫する。「ましころいど！　どうしてあなたは女性なの！」と、ロミオとジュリエット風に。

「お、おい、どうしたんだ！　ご乱心か？　っていうか何て言ってるんだ？」

兄の戸惑った声が部屋の反対側から聞こえてきたけれど、日菜子は枕に向かって叫ぶのをやめなかった。

こうして——育メンパパ・ましころいどへの日菜子の淡い恋心は、呆気《あっけ》なく散ったのだった。

第五話

総理大臣に恋をした。

このブログを読んでいる大勢の国民に、何としても伝えたいことがある。

高杉浩二郎《たかすぎこうじろう》を内閣総理大臣の座にこれ以上据えておくのは危険だ。

私は捨て身の覚悟でこの発言をしている。私が大臣を更迭されたというニュースや、妻や娘が私に愛想を尽かして家を出ていったという週刊誌報道を見た者なら、私の衆議院議員生命は残りわずかであり、また失うものは何もない状況だからこそ、真実を発信することができていると察しがつくだろう。

あの男は、内閣総理大臣の器ではない。

政治家としてすべてを失った私に、あの男は「便宜」を図ろうとした。そして、その見返りに、まとまった額の金銭や、こともあろうに私の娘を人質として差し出し、忠誠を誓うよう要求してきたのだ。

あのような人でなしが国のトップに立っていることを、我々は到底許してはならない。

証拠として、私が高杉浩二郎と電話で話したときの音声を公開する。

これを聞いて、それぞれの耳と頭で判断してほしい。

高杉浩二郎が、日本の首相として、本当にふさわしいのかどうかを。

＊

まぶたの向こうに、朝の光が透けて見えた。

いや、もう昼かもしれない。いずれにしろ、一般的な人間が月曜日に起床する時間を過ぎていることは確実だった。

そうは分かっていても——なかなか、目を開ける勇気は出なかった。

理由は単純明快だった。昨夜、妹が何やら壁に向かってせっせと作業をしていたからだ。

せっかくましころいどのおかげで共有部屋の真っ白な壁が姿を現したというのに、わずか二週間足らずで、数百の視線に囲まれた居心地の悪い部屋へと逆戻りしてしまうのだ。手際のよい妹のことだから、翔平の寝ている間にとっくに仕事は完了しているだろう。ベッドから身を起こしたら最後、妹の手によって〝模様替え〟された部屋の様子が目に飛び込んできて、あの白く美しい壁との今生の別れを受け入れざるをえなくなる。

——今度の推しは、誰だろう。

「もう、どんなのが出てきても驚かないけどな」

自虐的に呟いてから、翔平はえいやっと勢いよく起き上がった。

壁中に貼られている無数の写真のうち、一つが目についた。スーツ姿の中年男性が

腕を組み、胸を張って斜め上を見上げている。

引き締まった身体に知的な表情。その瞳が見つめる先は、この国の未来か、はたま

た——。

「えええええええ」

翔平はベッドから転げ落ち、大声で叫んだ。その声が階下まで届いたらしい。「翔

平、起きたなら朝ごはん食べなさい。もうすぐ十二時よ」という母親の声がかすかに

聞こえてきた。

「ちょっとお母さん！　日菜がいよいよとんでもない方向に行ったぞ。もう俺の手に

は負えない。おしまいだ」

翔平は廊下に飛び出て、一階にいる母に向かって呼びかけた。数秒後、リビングに

繋がる引き戸が開く音がして、のんびりとした声が返ってきた。

「日菜ならここにいるわよ」

「え？」

「日菜、お兄ちゃんが何か呼んでるわよ。上に行ってきなさい」

はあい、という声に続いて、パタパタと足音がした。直後、階段の下に妹が現れた。

「おしまいって何よぅ」とむくれている。妹は部屋着姿のままで、髪には寝ぐせがついていた。

「お前、学校は？」

「今日は秋休み。たった一日だけどね。もっと休みだったらいいのに」

十月一日。二学期制だとそういう時期なのだろう。だが、そんなことはどうでもいい。

「お前、消されるぞ」

「え？」

「この人だけはやめておけ」

「なんで？」

「本当に——本当に、この人が今の推しなのか？」

「うん！　そうだよ」

日菜子が朗らかに答えたのを聞き、翔平はがっくりと肩を落とした。

考えたくもない。日菜子がいつもの調子でこの人に対してストーカー癖を発動したら、いったい妹はどうなってしまうのか――。

翔平は部屋に戻り、壁中に貼ってあるスーツ姿の写真を改めて観察した。印刷した画像もあるようだが、新聞の切り抜きも多い。

「浩二郎さん、かっこいいよねぇ」

階段を上って部屋に入ってきた妹が、うっとりとした表情で翔平の目の前に貼ってある新聞の切り抜きを撫でた。

「間違いなく、歴代で一番魅力的だよね。細マッチョだし、顔もけっこうイケメンだし、何より若いし。戦後最年少の四十九歳。超優秀！」

日菜子が愛でているのは、自由民政党《じゆうみんせいとう》の総裁・高杉浩二郎の顔写真だった。

ほかでもない――現在の、日本の内閣総理大臣だ。

「首相官邸の執務室の椅子に座ってキリッとした顔をして仕事してる姿とか、つい妄想しがちだよね。総理大臣の椅子って、やっぱり革張りでふかふかなのかな？　高そうな絨毯が敷いてある部屋で、山積みの書類に署名したりするのかな？　ああ、お姿を想像しただけで尊すぎる！　私ね、できることなら執務室の片隅に置いてある観葉植物になりたいの。で、連日の仕事でお疲れの浩二郎さんに新鮮な酸素を送ってあげたい」

「しっかりしろ。相手は首相だぞ。今すぐ考え直せ」

「えー、だって好きなんだもん」

「どうしてそうなったんだ……」

翔平が額に手を当てると、日菜子は意気揚々と語りだした。

「もうすぐ衆議院議員選挙だから、最近よくテレビに出てるでしょ。堂々と演説してる姿とか、淀みなく国会答弁してる姿とか、いろいろ見てたら好きになっちゃって。むしろ、どうして今まで彼のかっこよさに気がつかなかったんだろうって、自分でびっくりしちゃった！　紺色のスーツがこんなに似合う人、芸能人でもなかなかいないよねぇ」

「いやいや、言うほどかっこよくないだろ。普通のおじさんだよ。総理大臣にしては若いってだけで」

「何言ってるの。普通よりは絶対に上だよ。だって、お兄ちゃんが中年になったとしても絶対あんなふうにはならないでしょ」

「ちゃっかり俺を貶めるのはよせ」

「あ、そういえばね！」

翔平の言葉を聞いているのかいないのか、日菜子は嬉々《きき》として語った。

「特に素敵だなぁと思ったのは、この間テレビでやってた、高杉首相が児童養護施設を訪問したっていうニュース。国会では真面目な顔をしてるのに、顔中をくしゃくしゃにして子どもに微笑みかけてたんだよ。それがすんごく可愛かったの！　もうね、一瞬で虜《とりこ》になっちゃった。子どもに優しい男性ってものすごく素敵に見えるよね。お兄ちゃんもそう思うでしょ？」

「……今まで話したこと全部、本気で言ってるんだな？」

「本気だよ」

「あーあ、意味がわからん。総理大臣を恋愛対象にする奴がどこにいるんだよ」

入学したばかりの小学一年生のように、「ここにいます！」と日菜子が天井に向かって真っすぐに手を挙げた。

今一度、部屋の中を見回してみる。衆議院議員選挙が近いこともあってか、なんだか自由民政党に投票するよう強要されているような気分になった。

「あのな、日菜」

「ん？」

「須田優也でも、力欧泉でも、千枝航でも、ましころいどでもいいよ。でも、高杉浩二郎はお前が恋をしていい相手じゃない。政治の派閥とか、思想とか、アンチとか、左翼とか右翼とか――ほら、難しいことがいろいろあるし。お前みたいな何も考えてない女子高生が踏み込んでいい領域じゃないんだよ」

「お兄ちゃん、知ってる？　私、今十七歳」

「うん、それが？」

「来年には選挙権があるよね」

「ああ……そうだったな」

「政界に興味を持っておくのは決して悪いことじゃないよね？」

「まあな。でも――」

「浩二郎さんを好きになってから、政治に関する知識がどんどん増えるの。もっと勉強を続ければ、私、大学は政治系の学部に進学できるかも。そしたらすごいよ。お父さんもお母さんも喜ぶよ。このままだと日菜は受験で滑りまくるかもしれないって思われてるもんね。赤点が多いから推薦入試も受けられないしね」

「それは、確かにそうだけど」

「じゃ、首相を追っかけるのはいいことだよね。将来に繋がることだもんね」

妹がにっこりと笑みを浮かべる。

——また論破されてしまった。

一つだけ言い返すとするなら、「日菜が一途でいられるわけがない」という事実を突きつけてやりたい。だが、恋心を燃え上がらせている妹にそんなことを言おうものなら、どんな報復をされるか分かったものではなかった。

「日菜、お願いだから、公安に目をつけられたり、SPに取り押さえられたりするようなことだけはやめろよ」

「大丈夫大丈夫」

「妹が国家の敵になるのは御免だからな」

「心配御無用！」

日菜子はふざけたように敬礼のポーズを取り、「お腹空いた！　昼ごはん食べよ」などと言いながら廊下へ出ていってしまった。階段を下りていく足音を聞きながら、翔平は額に手を当てた。

——何が心配御無用だ。

ここ数か月で、日菜子の趣味はますますおかしくなっている気がする。

妹が舞台俳優や大相撲力士に熱を上げていた数か月前が、ずいぶんと懐かしく感じられた。

＊

首相の追っかけというのがこんなに楽だなんて、全然知らなかった。

自由民政党の公式ホームページを見れば、首相の応援演説情報がずらりと載っているなんて。

歌手の全国ツアーさながら、日時と場所まできちんと書いてあるなんて。

ＳＮＳへの投稿内容の裏を読んだり、ブログの非公開記事に無理やりアクセスしたり、漫画を隅々まで読み漁ったりしなくても、追っかけ活動に必要な情報がもれなく手に入るなんて。

――ファンサービス、すごすぎ！

いろいろ調べながら、日菜子はすっかり舞い上がってしまった。

高杉首相がフェイスブックをやっているという点も、ファンにとってはありがたい限りだった。ＳＮＳをやっていない推し――例えば直近だと有名子役の千枝航――を追いかけているときは、推しが普段何を考え、どう過ごしているのかを手に取るように把握する手段がない。ファンとして寂しい思いをすることもたびたびあった。その点今回は、総理大臣だからといって情報が秘匿されているということもなく、彼の書いた文章や投稿した画像を心ゆくまで堪能することができる。

フェイスブックの投稿を遡っていくと、首相が夏休みを長野県にある別荘で過ごしているときのリラックスした様子や、近くで行われている諏訪湖《すわこ》の花火大会を見に行ったときの浴衣姿、そのときに飲んだ缶ビールの写真まで惜しみなく掲載されていた。日菜子が浴衣姿の画像を即座にプリントアウトして壁に貼りつけたのは言うまでもない。

こんなに情報がたくさん転がっているとなると、いくらでも追いかけることができてしまう。交通費以外はお金もかからないから、高校生の財布にも優しい。

——まあ、もちろん、これほど詳しくスケジュールが公開されているのは、今が選挙期間中だからなのだけれど。

「ええっと、このへんかなぁ」

日菜子はぶつぶつと呟きながら、新橋駅前のSL広場内を歩き回っていた。時刻は夕方五時過ぎ。帰宅ラッシュが始まりかけているのか、それとも営業マンがこれから会社に戻るのか、周りには早足で歩くサラリーマンやOLが大勢行き交っている。

「うん、ここにしよっと！」

ずいぶん迷った末、日菜子はようやく待機場所の当たりをつけた。車道のそばまで歩いていき、小さなレジャーシートを敷いて座り込む。

途端に、ちらほらと視線を感じた。同じように待機している人たちは何人かいるのだけれど、まだ選挙権もない年齢の女子となると、さすがに浮いて見えるのかもしれなかった。

けれども、背に腹は代えられない。

――だって、このほうが、確率が高いんだもん。

高杉首相の応援演説日程を、日菜子はすべて自分の手帳へと書き写していた。我ながら、首相の秘書の手帳と見まがうほどだ。とはいっても、預金残高と時間の関係上、首都圏以外の場所までついていくことはできないし、学校がある平日昼間も難しい。推しに会う前には念入りな前準備が必要ということと、演説直前に駆けつけても特等席が取れないことまで考え合わせると、日菜子が見に行くことができる日時は限られていた。

衆院選投票日までに日菜子が高杉首相に会えるチャンスは、たったの二回だった。一回目が、今日金曜日の午後七時から、ここ新橋駅前。二回目は、投票日前日である明日夜に行われる、池袋駅前での最終応援演説。

その記念すべき初回である今日を、日菜子は十日以上前からずっと楽しみにしていた。明日の最終応援演説にも参戦するつもりではあるけれど、やっぱり、推しの姿を初めて肉眼で見るときの喜びは何物にも代えがたい。

今日は帰りのホームルームが終わるやいなや、「今日は寄るところがあるから！」と鞠花に宣言し、すぐに教室を出た。弦楽部の部室へ向かおうとしていた沙紀にも「そんなに急いでどうしたの？」と驚かれたけれど、「今度話す！」とかわして昇降口へと急いだ。

最寄り駅で電車に飛び乗って、横浜駅で東海道線に乗り換え、四時前には新橋駅に到着した。その後、駅のトイレで一時間以上かけて念入りにメイクをしてから改札を出て、こうして場所を取った。

いつもなら気合いを入れて服も着替えるところだけれど、今日は違う。

新橋のようなサラリーマンの街が戦場であるならば――勝負服は、これしかない。

――高校の制服だ。

二時間前から最前列に陣取っていた女子高生がいたと知ったら、高杉首相はいったいどんな顔をするだろうか。

テレビの中で児童養護施設の子どもたちに微笑みかけていたときのように、日菜子にも笑顔を見せてくれるだろうか。

想像するだけで、なんだか照れてしまった。

空気は涼しいのに——頬が、熱い。

どんよりとした灰色の雲の下で、日菜子は選挙カーの到着を待った。座り込み始めた当初こそ浮いていたものの、だんだんと周りに人が増えてきて、日菜子を中心に人だかりができ始めた。平日の夕方早い時間であるにもかかわらず、おばさまファン集団や自由民政党員など、支援者が続々と集まってきているようだった。

到着から一時間半が過ぎた頃、日菜子はレジャーシートを学校鞄の中にしまって立ち上がった。その場で胸を高鳴らせながら待っていると、演説開始予定時刻の十五分前になって、ようやく遠くから拡声器を通した女性の声が聞こえてきた。

『田所《たどころ》よしえ、田所よしえをどうぞよろしくお願いいたします！』

自由民政党の女性候補を乗せた選挙カーは、ぴったり、日菜子の目の前に停車した。

——やった！

日菜子は思わず、小さくガッツポーズを作った。

まもなく、『田所よしえ』と書かれたたすきを肩にかけた女性が選挙カーの上に現れた。一部で「よしえちゃん！」という野太い歓声が上がったけれど、大半の人はあまり興味がなさそうだった。もしかすると、年齢もまだ三十前後に見えるし、さほど知名度がないのかもしれない。観衆の半分以上は、田所候補よりも高杉首相の登場を心待ちにしているようだった。

肝心の高杉首相の姿はまだ見えなかった。たぶん、首相はこの前にも埼玉県内で別の候補の応援に駆けつけていたはずだから、遅れてやってくるのだろう。

『新橋の皆様、こんばんは。こんなにたくさんの方々に来ていただいて、感無量です。この東京二区で、自由民政党から立候補しております、田所よしえです。以前は会社勤めをしていて、まさにこの周辺のオフィスビルに毎日通っておりました。皆様、以後お見知りおきのほどよろしくお願いいたします』

田所よしえは、ベリーショートヘアに真っ白なパンツスーツという見た目のとおり、気の強い喋り方をする女性だった。

『さっそくですが——毎朝新橋駅に通勤していた人間の一人として、私がもっとも主張したいことは、テロ対策の徹底です』

いくつか自己紹介や挨拶の言葉を述べた後、彼女はまず初めに、大規模犯罪の予防策について喋り始めた。

『皆さん、覚えておいででしょうか？　今から十五年前、まさにこの新橋駅という場所で、悲惨な事件が起こりました。そう、カルト教団《みらいのめぐみ》の信者が、朝の通勤ラッシュの時間に駅構内に現れ、複数の爆弾を爆発させたのです。あの事件における死亡者は十三名、負傷者に至っては百五十名以上にも上りました。教団はあの事件の直後に解体され、また今から三年前には首謀者・具嶋敦男《ぐしまあつお》の死刑も執行されましたが、これで解決というわけにはいきません。今、グローバル化が進み、日本は再びテロの脅威にさらされています。私は、あのような恐怖を、二度と国民の皆様に味わわせたくありません――』

田所よしえの独演会は、三十分ほど続いた。テロ対策から始まり、待機児童解消、教育制度改正など、ありとあらゆるマニフェストについて矢継ぎ早に触れていく。

その演説が終盤に差し掛かった頃、十メートルほど離れたところに黒いハイヤーが滑り込んできた。

白い手袋をした運転手が降りてきて、車の扉を開ける。その中から出てきたのは、背の高いスーツ姿の中年男性だった。

途端に観衆がどよめく。日菜子は思わず両手を口に当て、息を呑んだ。

「浩二郎さん！」「総理！」という歓声が、どこからともなく上がる。

その瞬間、ハイヤーに近いところに陣取っていた女性ファンが、高杉首相めがけてダッシュした。乗り遅れた日菜子は、その場に佇んだまま、もみくちゃにされる高杉首相一行を見守った。

SPに先導されながら、高杉首相が移動していく。高杉首相は「ありがとう、ありがとう」と繰り返しながら一人一人にハイタッチをしていた。

――私もダッシュすればよかった！

日菜子は唇をへの字に曲げ、地団駄を踏んだ。首相だからセキュリティが厳しいはずだという先入観があったけれど、構えすぎる必要はなかったみたいだ。ハイタッチにもにこやかに応じてくれるなんて、アイドルや俳優よりもよっぽど気前がいいではないか。

これは、こちらのリサーチ不足だ。

次は絶対に機会を逃すもんか――と日菜子が悔しがっている間に、高杉首相は人混みを掻き分けて選挙カーへと入っていった。そして間もなく、車の上に姿を現した。

高杉首相がこちらに向かって手を振ると、大きな拍手が起きた。首相の登場とあって、駅の周りを行き交っていたサラリーマンたちが続々と集まり始める。

気がつくと、SL広場は群衆ですっかり埋め尽くされていた。

先ほどまで声を張り上げていた女性候補の田所よしえと固い握手を交わしてから、高杉首相はマイクを手に持った。

『新橋の皆さん、こんばんは。自由民政党の高杉浩二郎です。今日は仕事帰りの時間にもかかわらず、お集まりいただきありがとうございます』

高杉首相が朗々と演説を始めた。低めの柔らかい声が、日菜子の身体の隅々まで行き渡る。日菜子は胸に両手を当てたまま、選挙カーの上の首相を見つめた。四十九歳の若い首相の姿は、テレビの中よりもいっそう凜々しく、そして活力にあふれて見えた。

夢のような時間だった。高杉首相がゆっくりと語る言葉は、すっと耳に入ってくる。これまで政治に興味がなかった日菜子でも、自由民政党の政策や方針を瞬く間に吸収することができた。高校一年生のときに習った現代社会の授業よりも、よっぽど分かりやすい。

たぶん、本当に頭がいい人だからこそ、難解な言葉で装飾したり曖昧な表現で場をごまかしたりせず、大事なことをまっすぐに伝えることができるのだろう。

『こちらの田所よしえ候補は、二十九歳の新人です。ここ新橋付近にある大手広告代理店で七年間勤め上げ、このたび、政治の道を志すことになりました。そんな彼女が強く訴えているのは、テロ対策の強化です。ここ新橋駅で起きた《みらいのめぐみ》による爆弾テロ事件を、私はひとときも忘れたことはありません。日本が再びあのような恐怖にさらされないために、私は彼女と手を取り合って、日本の安心、安全な未来のために尽くしていきたい。心からそう思っています』

高杉首相が話す内容も、大筋は田所よしえと似通っていた。場所が場所だからか、十五年前に新興宗教の信者が起こした新橋駅爆弾テロ事件にも言及してテロ対策の必要性を訴えていたし、保育園の待機児童解消や教育無償化といった主要な公約についても熱弁をふるっていた。

『この国の未来は、すなわち、子どもの未来です。皆様のお子さん、もしくはお孫さん、親戚や地域に一緒に暮らす子どもたち。少子高齢化が進み、苦しい環境に置かれているこの時代だからこそ、未来への投資が必要です。子育てしやすい社会を作るため、保育園を増やし、保育士の給与を引き上げます。小学校と中学校のみならず、高校の完全無償化や義務教育化を行います。また、虐待やネグレクトの問題が無視できない中、里親制度の充実と認知度向上も重要な課題です。現在、日本における里親委託率は、未だ二十パーセントにも達していません。これは諸外国に比べ非常に低い割合です。多くの子どもたちが施設で過ごすことを強いられている状況を、私たちは変えていかなければなりません。私はこれらを、国民の皆様とともに、一つ一つ実現していきたいのです――』

やっぱり首相は子どもが好きなんだなあ、と感じる。

テレビでやっていた児童養護施設訪問もそうだし、今喋っていることもそうだ。高杉首相は、有権者の大半を占める中高年層にばかり尻尾を振るのではなく、この国の未来そのものである子どもの幸せを願いながら政治家という仕事をしている。こういう人が総理大臣を務めているのは、きっと、この国にとってとてもよいことなのだろう。

十分程度で、高杉首相による田所よしえの応援演説は終了した。支援者や通行人からの拍手が沸き起こる中、日菜子は身を小さくして、黒いハイヤーのそばへと移動した。

――今度こそ、首相とハイタッチ！

気合いを入れて、選挙カーから降りてくる高杉首相を待ち構える。

まもなく、首相が歩道に降り立ち、ハイヤーに向かって歩き出した。途端に、先ほどよりもすごい勢いでファンが詰めかけ、首相へと懸命に手を伸ばし始めた。

「浩二郎さん！　高杉総理！」

日菜子も大声で叫びながら前に出て、数メートル先にいる高杉首相へと手を振った。なかなかこちらを振り向いてもらえない。後ろからもファンが殺到してきて、日菜子はどんどん前へ前へと押されていった。

何度も転びそうになりながら、なんとか顔を上げ、人混みの中心部へと進む。どこに高杉首相がいるのか、背の低い日菜子の視点からはもはや確認することができなかった。

と、そのとき——高杉首相の頭が見えた。すぐ斜め上、至近距離だ。

「浩二郎さん！　こっち向いてください！」

ここだ、とばかりに日菜子は叫んだ。

高杉首相が、くるりとこちらを振り向いた。

テレビで何度も見たあの優しい眼差しが、日菜子へと惜しみなく注がれる。

ハイタッチをしてもらおうと両手を高く上げた体勢のまま、日菜子は緊張のあまり固まってしまった。その手に、高杉首相の分厚い両手が迫ってくる。

その瞬間、ドン、と背中に衝撃を感じ、日菜子はそのまま前へとつんのめった。

首相の腹のあたりに、思い切り頭がぶつかった。バランスを取ろうと、思わず首相のスーツのジャケットをつかむ。右手がポケットに引っかかり、何か白いものがひらひらと地面に落ちた。

「危ない！　下がって！」

怒ったような声が頭上で聞こえた。首相ではなく、護衛をしているＳＰか、もしくは警備をしている警察官が発した声だ。日菜子は慌てて人混みの中で四つん這いになり、首相のポケットから落ちた白い紙を探した。

「あ、あの！」

大勢の人に踏まれてしわくちゃになった白い紙をようやく拾い上げ、声をかけようとしたときには、高杉首相一行はすでにハイヤーに乗り込むところだった。追いかけようとしたが、群衆に阻まれて近づくことができない。努力むなしく、高杉首相を乗せた黒いハイヤーはゆっくりと発車し、道の向こうへと消えていった。

――何だろう、これ。

日菜子は人混みを抜け出して、三つ折りにされていた紙を開いた。そこには、丸みを帯びた手書き文字が並んでいた。

内容を一読して、日菜子は首を傾げた。

――こんな手紙、どうして高杉首相が持ってるんだろう。

思考を巡らせてみても、答えは浮かんでこない。

「家に帰って、お兄ちゃんに相談してみようかな」

日菜子は手紙を学校鞄の外ポケットにしまい、駅の改札へと向かった。首相の去った新橋駅のSL広場では、再び、自由民政党の若き女性候補・田所よしえの演説が始まろうとしていた。

＊

「これ、本当に高杉首相が持ってたの？　意味が分からないな」

便箋をひらひらと振って、兄が肩をすくめた。その後ろでは、母が鼻歌を歌いながら洗い物をしている。

追掛家のリビングでは、さっきからこの手紙をめぐって活発な議論が交わされていた。

ちなみに、日菜子が高杉首相の落とし物を持ってきたと話したときの二人の反応は対照的だった。兄が「総理大臣の私物を持って帰ってくるなんて」と青ざめてリビングの中を行ったり来たりし始める一方、母は「あら、それってすごいお宝じゃない？　お父さんが帰ってきたら教えてあげなきゃ」などと言ってニコニコしていた。

でも、そんな二人も、手紙の内容に関する感想は一緒だった。
よく分からない——としか、言いようがない。

お父さんへ
心配かけてごめんね。私は元気です。私は大丈夫だから、お父さん、負けないで。
ミキエより

たったこれだけの文章だった。

その下には、同じ筆跡で、住所が書かれている。長野県千曲《ちくま》市、と読めた。

「どうみても、娘から父に宛てた手紙だよなあ。高杉首相夫妻に子どもはいないのに。どうして、高杉首相がこんなものを持ってるんだろ。というか、『負けないで』ってなんだ？　選挙戦にか？」

「首相には隠し子がいたのよ、きっと。その子は、シングルマザーのお母さんと一緒に長野県の千曲市に住んでるの。ここに書いてある住所ね」

母が、さっきから何度も繰り返している持論を語り始める。

「日菜くらいの歳か、もうちょっと年下の女の子で、反抗期真っただ中なのね。最近ひょんなことからお父さんと喧嘩しちゃって、現在反省中。それで、全国を飛び回って選挙の応援演説を頑張ってるお父さんに、手紙を書いたわけ。『お父さん、大好きよ。負けないでね、日本をよろしくね』って」

「隠し子なんていたら困る！　今スキャンダルが明るみに出たら、選挙で自由民政党が負けちゃうよ。浩二郎さんが首相じゃなくなっちゃうのは、絶対に嫌！」

日菜子がじたばたと手足を動かすと、「そのスキャンダルの源らしきものを持って帰ってきたのはお前だけどな」と兄が冷静にツッコミを入れてきた。

考えれば考えるほど、頭の中で糸がもつれてほどけなくなる。

――ミキエって、何者？

――お父さんって、誰のこと？

母が言うように、実は高杉首相が夫人ではない女性と過去に関係を持っていたのだとしたら。あの優しそうで品がある首相夫人を裏切って作った子どもが、世間の知らないうちに、中学生か高校生くらいに育っていたのだとしたら。

たぶん、日菜子はその事実に耐えられない。

「そんなの、絶対嫌だぁ！　無理！　私は信じないから！」

「うるさいなあ。これ、お前が首相のポケットから勝手に引っこ抜いてきたんだろ。

身から出た錆《さび》だよ」

「人聞きが悪いなぁ。盗んだわけじゃないもん」

「こらこら、翔平も日菜も、喧嘩しないの」

母にやんわりと仲裁され、日菜子と兄は無言でテレビへと目を向けた。

晩御飯のときからつけっぱなしになっているテレビでは、ちょうど、ニュース番組をやっていた。

衆院選二日前とあって、各地で行われている選挙戦の様子が放映されている。途中で、さっき日菜子が見に行ってきた新橋駅前の応援演説の模様も映った。最前列にいたから気づいていなかったけれど、後ろにはテレビカメラがいたらしい。『この国の未来は、すなわち、子どもの未来です』という高杉首相の力強い台詞が、さっきから何度も流れていた。

しばらくすると選挙戦の映像が終わり、画面がスタジオへと戻った。

なぜだか、夜のニュースを担当している男性アナウンサーと女性アナウンサーが、困惑したような顔をして手元の原稿をせわしなく触っていた。

『今入ったニュースです』

男性アナウンサーが、表情を硬くして手元の原稿を読んだ。

『高杉浩二郎首相に、元法務大臣を脅迫した疑いが浮上しているようです』

「え？」

日菜子は絶句した。「何だって？」という兄の素っ頓狂な声が続く。母が使っていた水道の音も止まった。

『先ほど、自由民政党の狩野義明《かのうよしあき》元法務大臣が、高杉首相に脅迫されたという内容のブログ記事を更新しました。何らかの取引の見返りに、まとまった額の金銭や、狩野元大臣の娘を高杉首相に引き渡すよう要求されたと書かれています。また狩野元大臣は、動画サイト上で、高杉首相との電話の内容を録音した音声を公開しました――』

男性アナウンサーの声を聞くうちに、頭がくらくらしてきた。

「何これ、おかしいよ。浩二郎さんが、脅迫？　そんなことするはずない」

思わず声が震える。けれど、その直後に流れた音声は、日菜子の願いを一瞬にして破壊する威力があった。

『……娘をこちらに寄越せば、悪いようにはしない。どうだ、一度よくよく考えてみてくれ』

『……確かに受け取った。次は、娘と金を引き換えだ。取引場所は別荘でいいな』

電話口で声を潜めて喋る声が、テレビのスピーカーから流れてきた。

それは――間違いなく、あの高杉首相の声だった。首相演説を数え切れないくらいリピート再生した日菜子には分かる。

柔らかくて、低くて、芯のある声。

いつも堂々としていて、政治の暗い部分や裏取引などとは一切縁がなさそうに見えた、あの声。

画面が切り替わり、女性アナウンサーが戸惑った様子でコメントした。

『高杉首相は、何らかの《便宜》を図る代わりに、人質として狩野元大臣の娘さんを差し出すよう命令した。狩野元大臣は仕方なくその要求に応じた。その後、今度は娘さんを無事に返すという条件の下、さらに金銭を要求した。そこで狩野元大臣の怒りが噴出し、今回のブログ記事での暴露に至った……ということでしょうか』

『そのようですね。この音声が高杉首相の肉声だと確認されたわけではないですが、声の質は非常に似ているように感じます』

男性アナウンサーがさらに言葉を続けた。

『ところで、狩野義明元法務大臣は、数か月前に大臣を更迭されているんですよね。

《保育士は女でもできる簡単な仕事》という女性蔑視発言を公の場でしてしまい、大バッシングを受けたのが記憶に新しいところです。ですから、今回の選挙では非常に厳しい戦いを迫られているのですよね』

『つまり高杉首相は、そんな狩野元大臣の弱みにつけ込んで、今回の脅迫行為をしたのでしょうか。《便宜》というのは、つまり、その、狩野元大臣に再び内閣のポストを用意するとか――』

『それはまだなんとも言えませんね。この件について、高杉首相はまだコメントを出していません。憶測は避け、続報を待ちましょう。しかし、ブログ記事に書かれている内容が嘘であれ本当であれ、選挙戦への影響は避けられないでしょうね』

　追掛家のリビングに、長い沈黙が流れた。

「あのさ。お前、もしかして、とんでもないものを持って帰ってきたんじゃないか」

　最初に口を開いたのは兄だった。

「この手紙を書いた『ミキエ』って女の子、フルネームは『狩野ミキエ』っていうんじゃないだろうか」

「ってことは、この『お父さん』は？」

「狩野義明だな」

「『私は大丈夫』っていうのは？」

「幽閉されているけど無事ですってこと」

「『負けないで』の意味は？」

「こんなひどいことをする高杉浩二郎に負けるな」

「……この手紙を高杉首相が持ってたのは？」

「狩野ミキエにこの手紙を書かせた本人だからだ。狩野義明側が、娘の無事を知らせるよう要求したんだろう。取引場所である長野の別荘の住所も一緒に書かせて、これから郵送しようとしてたんだよ」

「首相がそんなことをする意味はあるの？」

「まあ、普通に考えたらないんだけど……高杉浩二郎は、実は妻がいるにもかかわらず未成年の娘に手を出すような人間のクズでした、って可能性はゼロじゃないよな。首相のプライベートの姿なんて、俺ら一般人が知る由もないしな。もしかしたら、本性はとんでもない奴だったのかも。児童養護施設訪問だって、ただのロリコンだったかもしれないぞ」

兄の口からぽんぽんと出てくる推理を聞き、日菜子は呆然と宙を見つめた。

――嘘だ。

高杉首相が、元閣僚メンバーの娘を、誘拐した？

内閣総理大臣という権力を盾に？　父親である狩野義明を脅して？

——そんなの、信じない。

歯を食いしばり、スマートフォンを取り出してインターネットブラウザを立ち上げる。『高杉首相』『声紋』『検証』とキーワードを打ち込むと、いくつかのページがヒットした。テレビでニュースが流れるずいぶん前から、すでにネット上は大騒ぎになっていたようだった。

その中に、『【検証結果】狩野義明が公開した音声、高杉首相の声紋と完全一致』という見出しを見つけた。サイトの中身を読むうちに、血の気が引いていった。

「どうして？　だって、こんなに支持率だって高いのに……わざわざ狩野さんを脅して裏取引なんてしなくても、十分うまく回ってるのに……」

いつの間にか、日菜子の両目には涙がにじんでいた。

そっと、ダイニングテーブルの上に置いてある便箋を手に取った。手が小刻みに震えるのが止められない。

もう一度、手紙の内容を読み返した。事実を受け入れられない。今にも涙がこぼれてしまいそうだった。

ぼんやりと手書きの丸い文字を眺めているうちに、ふと違和感を覚えた。

――あれ。

手紙のある部分に人差し指を置き、じっと考える。何かが、明らかにおかしかった。もしかしたら――ここには、日本中の誰も気づいていない真実が隠されているのではないか。

「お兄ちゃん」

「ん？」

「車、運転できるよね」

「ああ。相撲部屋の一件以来運転してないけどな」

「じゃ、今すぐ長野に連れてって」

「はあ？」

目を皿のようにしている兄を、早く早く、と急かす。キッチンのタオルで手を拭いていた母が、「今から長野まで行くの？　車、使っていいわよ。気をつけていってらっしゃいね」とのんびりとした調子で言った。

「お母さん、そんなんでいいの？　日菜は、この時間から長野に行くって言ってるんだぞ？　しかも、この文脈での長野って、目的地は首相の別荘――」

「明日は土曜日でしょう。学校もないし、特に問題はないんじゃないかしら」

「ね、お兄ちゃん、お願い」

母という強い味方を得て勢いに乗った日菜子は、両手をパチンと合わせて兄を上目遣いで見つめた。兄が「しょうがないなあ。運転するだけだからな」と言って立ち上がるまでには、そう時間はかからなかった。

兄は、なんだかんだ言って、いつも優しい。

——また、高校の近くの洋菓子店で、シュークリームを買ってきてあげないと。

今度は奮発して五個入りの箱をプレゼントしようかな、などと考えながら、日菜子は防寒具を取りに自室へと向かった。

きっと、十月の夜の長野は寒い。

＊

本日夕方に更新した記事に対し、大きな反響をもらっている。

ありがたい限りだが、中にはどうやら批判もあるようだ。「こんな突拍子もないこと、全部でっちあげなんじゃないか」というようなものだ。

ここで一つ言っておきたい。

音声データは、あくまで氷山の一角だ。

高杉浩二郎の悪事は、まだまだ奥が深い。私への脅迫など、ほんの些細なことだ。

実は、法務大臣時代、私はとある秘密を手に入れてしまった。

あの新橋駅爆弾テロ事件の首謀者である具嶋敦男と、現在日本の総理大臣を務めている高杉浩二郎には、深いつながりがあった——というものだ。

清廉潔白ならすぐにでも声明を出せばいい。それなのに、なぜ高杉浩二郎は沈黙を貫いているのか。国民の皆様は、すでにお分かりだろう。

真実は、高杉浩二郎の口から国民に語ってもらうことにしよう。

＊

「日菜……俺はつくづくお前に同情するよ」

ハンドルを強く握って夜の中央道を運転しながら、翔平は助手席で黙っている妹に話しかけた。

「熱烈に恋した相手が、次々と物騒な事件に巻き込まれるんだもんな。その呼び寄せ体質、もう冗談じゃ済まされないぞ。お前が総理大臣なんかを好きになったせいで、今度は日本の未来が捻じ曲げられようとしてるんだ」

「私のせいみたいに言わないでよ」

「高杉首相って、支持率が六十パーセント超えてたよな。このままいけば、今回の総選挙も自由民政党の大勝だったろうに、残念だな。待てよ、もし万が一、政権交代なんてことになったらどうする？」

「お兄ちゃん、ふざけないで」日菜子が不機嫌な口調で言い放った。「なんで狩野義明の言い分を鵜呑みにするの？　あのブログの内容が全部本当かどうかなんて、まだ分からないでしょ。浩二郎さんはまだこの件について何もコメントを出してないんだから」

「まあ確かに、あの高杉首相がそんな極悪非道の悪人だったとは信じがたいけど……でもさ、怪しいのは事実だぞ？　まったくの嘘ならさっさと否定すればいいのに、そうしないんだから」

「もう夜遅いからかもよ」

「いやいや、そんな悠長な話じゃないだろ」

そう返すと、日菜子はまた黙りこくってしまった。手元のスマートフォンをいじりながら、顔を俯けている。

ちょっとからかいすぎたかな、と反省する。常にポジティブシンキングで自分の都合の良いように論理を振りかざす妹だが、さすがにしゅんとしているようだ。

まあ、それもそうだ。ただの女子高生にとって、内閣総理大臣にかかった疑惑を晴らそうというのは荷が重すぎる。

「ネット上で、何か動きはあったか」

なるべく優しい声で尋ねると、「ありまくり」という怒ったような声が返ってきた。

「狩野義明が、またブログを更新した。今度は、浩二郎さんが《みらいのめぐみ》と繋がってるとか言い出してる」

「《みらいのめぐみ》？　って、昔爆弾テロ事件を起こしたカルト教団？」

「そう」

再び、車内は沈黙に包まれた。

——いったい何を考えてるんだ。狩野義明も、高杉首相も。そして、我が妹も。

ニュースで流れた音声の中に、『取引場所は別荘でいいな』という言葉があったことを思い出す。物騒な場所に踏み込もうとしていると知って、翔平は身震いした。

「なんで、首相の別荘に向かうんだ？」

中央道を抜けて長野自動車道に入ったあたりで、翔平は先ほどから頭の中で渦巻いていた疑問を妹にぶつけてみた。

「取引現場に行って、何かの証拠を押さえようとしてるのか？　無駄だと思うぞ。狩野義明があんな挑発的なことをブログに書いた以上、もう交渉は決裂してるはずだ。それに、仮に取引が決行される可能性に賭けているんだとしても、明後日——じゃない、もう明日か——の衆院選が終わるまでは、さすがに首相が長野に出てくるのは難しい。このタイミングで行って、意味があるのかどうか……」

「別荘に、娘さんが監禁されてるかもしれないから」

「え？」

「今夜は、その子を助け出して帰るの。それが、私たちのミッション」

ミッション——。

「待て待て、何を根拠にそんなこと言ってるんだ」

慌てに慌て、危うく追い越し車線に飛び出しそうになってしまった。ちょうど後ろから来ていた白いワンボックスカーが、必要以上に間隔を空けながら、猛スピードで翔平の車を追い抜かしていった。

「狩野義明が公開した音声の中に、『娘と金を引き換え』って言葉があったでしょ。なら、取引場所には娘もいるはず」

「根拠はそれだけ？」

「うん」

「まじか……それでよく長野まで車を飛ばす、というか飛ばさせる気になったな」

「だって、私たち、取引場所の住所を手に入れたんだよ？　もう即行動するしかないでしょ。こんな激レア情報を知っている国民は、日本中で私たちだけなんだから」

「いやいや、落ち着いて考えてみろよ。普通、そんな分かりやすいところに監禁するか？　もし日菜の言うとおりだったとしても、あんな報道がされたんだから、首相の別荘には今ごろ家宅捜索が入ってるよ。どう考えても、俺たちの出る幕はない」

というかさ、と翔平は興奮のあまり唾を飛ばしながら続けた。

「高杉首相の別荘に忍び込んで、監禁されてる狩野元大臣の娘を救出するなんて、一般人の俺らにできるわけないだろ。相手は総理大臣だぞ？　敏腕の警備員とか、侵入者をたちまち察知する番犬とか、きっとそういうのがうじゃうじゃいるよ」

「行ってみないと分からないでしょ」

「楽観的にもほどがあるぞ」

「お兄ちゃんは心配しなくていいから。私に任せて」

日菜子が大きく頷き、胸を叩くのが視界の端に映った。

——その自信はいったいどこから来るんだ。

照明灯のない長野自動車道を法定速度ぴったりで走り抜けながら、翔平は大きくため息をついた。


『目的地周辺です。音声案内を終了します』

カーナビがお決まりの台詞を発したのは、車が曲がりくねった坂道を上り出してから二十分ほど経った頃だった。

ライトを消すと、深い闇が車の中まで侵入してきた。

何も見えない。背の高い木が風でざわざわと揺れる音だけが聞こえてくる。

「ここに別荘があるの？　何も見えないけど」

「ううん、歩いて五分くらいのところ。近くに停めたらバレちゃうでしょ。さ、行こ！」

いつの間にかシートベルトを外していた日菜子が、外の闇をものともせず、勢いよくドアを開けて出ていった。翔平も慌てて妹を追いかける。

日菜子が手にしているスマートフォンの明かりが、闇夜に浮き上がって見えた。ゆっくりと歩いていく日菜子にすがりつきたくなる衝動をこらえながら、翔平は慎重に目を凝らし、妹の後をついていった。

時刻は、深夜三時を回っていた。風が冷たく吹きつけ、翔平のシャツをはためかせる。長野の、しかも山の中腹ともなると、横浜とは比べものにならないくらい寒い。日菜子のように分厚いカーディガンでも着てくればよかった――と、翔平は少し後悔した。

「あそこだ！」

スマートフォンの画面に目を落としていた日菜子が、翔平の耳に口を寄せて囁いた。

前方に、オレンジ色の淡い光が見えた。どうやら、木々に囲まれた敷地の中に家が建っているらしい。輪郭はぼんやりとしていて、その大きさは判断がつかなかった。

近くまで歩いていくと、ようやく建物の様子が見えてきた。日菜子と翔平が歩いているアスファルトの道路は右へと大きく曲がっているのだが、前方にまっすぐ続く未舗装の細い私道があり、そのさらに奥に平屋建てのログハウスがある。さっきからちらちらと点滅していたオレンジ色の光は、別荘の玄関灯だった。

「ここが高杉首相の別荘？」

尋ねると、日菜子が「しっ」と音を出した。「お兄ちゃん、声が大きいよ」

「車が停まってるぞ。二台、か？」

ずんずんと私道を突き進んでいこうとする日菜子の腕をつかみ、翔平は思わず後ずさった。

「そうみたいだね」

「人がいるってことだ。首相の手先かな。見つかったらやばいぞ」

「大丈夫。部屋の灯りも消えてるし、見た感じ番犬や見張りもいないし。たぶん、ぐっすり寝てるんだよ」

「だといいけど」

「こうやってこそこそ夜襲をかける人がいるなんて、想定してないんだと思う。今のうちに、さっさと奪い返しちゃお」

「お前、怖くないのか？」

「怖くないわけない。でも、やらなくちゃ。女の子が、ここに閉じ込められてるかもしれないんだもん」

日菜子が翔平の手をつかみ、自分の腕から引き離した。その手は、じっとりと汗ばんでいた。

――本当に、ここに狩野義明の娘が幽閉されているのだろうか。

日菜子は自信満々の様子だったが、翔平は半信半疑だった。

そもそも、ここが首相の別荘なのだとしたら、ずいぶんと警備が手薄ではないか。門や柵もないから、翔平や日菜子のような一般人でも、こうやって簡単に敷地内に入ることができてしまう。

もしかしたら、ドアを無理やり開けようとしたり窓を割ったりしたら警報が鳴る仕組みかもしれない――と考え、玄関灯に照らされている木製のドアを観察した。見慣れた警備会社のシールが貼ってある様子はなかった。それどころか、ドアも外壁もずいぶんと古びていて、とても最新のセキュリティシステムが組み込まれているようには見えない。

――首相がお忍びで来るような、世間に知られていない場所なのかな。

そう考えながら、翔平は再び歩き出した妹の姿を追った。

パキッ、と靴の底で小枝が割れた音が鳴る。そのたびに心臓が縮こまる思いがした。運よく、犬が飛んできたり家の灯りが点いたりする様子はなく、翔平と日菜子は無事、玄関のすぐ横まで移動した。

玄関灯の下で、日菜子がそっと横を指差した。外壁に沿って、建物をぐるりと一周するつもりらしい。翔平は無言で小さく頷いた。

日菜子はスマートフォンをリュックにしまうと、すぐに探索を開始した。

抜き足、差し足。

壁に耳を当てて中の音を聞こうとし、窓があるところでは身を低くし、何か異変が起きたらいつでも逃げられるように神経を張り詰め——翔平と日菜子がやっていることは、紛れもなく、空き巣か押し入り強盗の所業だった。

建物の裏手まで進み、壁に沿って角を曲がったとき、ふと、目の前に光が差した。

目の前の壁についている、小さな窓。

そこから、オレンジ色の光が外に漏れていた。

額にじわりと汗がにじみ、心臓が急激に波打ち始めた。翔平は日菜子と顔を見合わせて、耳をぴったりと壁にくっつけた。

すすり泣く声が、かすかに聞こえた。

「泣いてる」

日菜子がぽつりと呟く。そして、瞬く間に窓へと近づき、大胆にも灯りが点いている部屋の中を覗き込んだ。

「女の子だ！」

日菜子が鋭い囁き声を出した。恐怖を忘れ、翔平も慌てて小窓へと近づいた。

六畳ないくらいの、小さな部屋だった。手前にベッドが置かれていて、その上に少女が横たわっている。彼女の右手は紐でくくられていて、その先はベッドの柱へと繋がれていた。

うつ伏せのまま、少女は静かに泣いているようだった。自由の利かない右手を上げたまま、枕に顔をうずめている。手紙の丸みを帯びた文字から想像したとおり、おそらく彼女は中学生か高校生くらいだった。日菜子よりは、少し年下に見える。

「困ったな。はめ殺しの窓だ。これじゃ内側から開けてもらえない」

窓の形状を見て、翔平は顔をしかめた。そもそも、この窓はずいぶん小さかった。仮に開けることができたとしても、男の身体では中に入れそうにない。

身長が百五十センチそこそこで華奢《きゃしゃ》な身体つきをしている日菜子だったら——ギリギリ、可能だろうか。

コンコン、と日菜子が窓を叩いた。

少女がぱっと顔を上げ、こちらを見上げた。相当怖い思いをしていたのか、その表情は恐怖に満ちていた。両目が大きく見開かれ、唇がわなわなと震えている。

「ミキエちゃん、助けに来たよ」

日菜子が小さな声で呼びかけ、ベッドの上からどくように合図をした。ようやく彼女が恐る恐るといった様子でベッドから降りると、日菜子はリュックをごそごそと漁り始めた。

日菜子が取り出した細長い道具を見て、翔平ははてと首を傾げた。

「それ、何だ？」

「マイナスドライバー。お父さんの工具セットの中から借りてきた」

「それで何をするんだ」

「ガラスを割る」

「は？」

「大きな音を鳴らさずにガラスを割る方法、知ってるんだ。今、実践の時！」

日菜子は自らを鼓舞するように宣言すると、サッシとガラスの間を狙ってマイナスドライバーを勢いよく突き立てた。

ドン、という衝撃音がする。翔平は思わず身を縮めた。部屋の中の少女も不安そうな顔をして、廊下へと続くドアを振り返っている。幸い、自分たちが思ったほど大きな音ではないのか、少女を監禁している実行犯たちが起きてくる様子はなかった。

日菜子はもう二回、マイナスドライバーをサッシとガラスの間に差し込んだ。下、横、上と、一回ずつ衝撃を与えると、ガラスに何本もヒビが入った。

「三角割りっていうんだって。日本の泥棒がもっとも多用するガラス破りの方法」

日菜子はなぜか得意げに解説した。

「人生何が起きるか分からないし、いつか使う日が来るかもしれないと思って、ずっと前にやり方だけ調べておいたんだよね。ちゃんと役立つときが来て嬉しい」

「……まさかお前、推しの家に忍び込もうとしたのか？」

「やだなぁ、そんな物騒なことはしないよ。まあ、妄想の中でなら何度も入ったことあるけど」

――やっぱり、こいつは犯罪者予備軍だ。

いや、正確には違う。別荘の敷地内に侵入している時点で不法侵入の罪には問われるだろうから、もうすでに犯罪者だ。そういう意味では、翔平も同じ穴の狢《むじな》だった。

ああ、妹に関わったばっかりに、俺の人生も終わりかもしれない――。

翔平が嘆いている間に、日菜子は脆く崩れたガラスを次々と剝がして地面に捨てていった。音もなく、小窓のガラスが跡形もなく取り払われていく。とても女子高生の手技とは思えない。

はめ殺しの窓は、四角い穴と化した。日菜子が顔を突っ込んで、小刻みに震えている少女に話しかけた。

「ミキエちゃんだよね。助けに来たよ！　今、ロープを外してあげるから」

そう言うなり、日菜子は窓の中へ上半身を突っ込んだ。日菜子が部屋の中に転げ落ちないように、翔平は慌てて窓から突き出ている日菜子の両脚を支える。翔平の予想どおり、小窓は日菜子の華奢な肩がギリギリ通るほどの大きさしかなかった。この窓から人が出入りするとは、少女を監禁した連中もさすがに想定していなかったのだろう。

翔平の助けを借りて、日菜子は慎重にベッドの上に着地した。「お兄ちゃん、リュックちょうだい」という指示に従ってリュックを部屋の中に差し入れると、日菜子はカッターナイフを取り出して、少女の右手とベッドの柱を繋ぐロープを断ち切った。

「絶対に音を立てないでね」

日菜子が少女に言い聞かせ、先に窓から外に出るように促した。

少女はベッドの上に立ち上がり、両脚を窓の中に入れた。上半身を日菜子に支えられながら、滑り落ちるようにして外へと出てくる。翔平は慌てて少女の身体を受け止めた。その直後、同じようにして日菜子が窓から飛び出てきた。

「行こう！」

日菜子が少女の肩を押す。窓から漏れる光と玄関灯だけを頼りに、三人は建物の正面へと回り込んだ。

抜き足、差し足。

建物から数メートル遠ざかる。そこから、一気に走り出した。

スマートフォンのライトを点け、足元を照らし出す。あとは無我夢中だった。翔平と日菜子が少女の片手をそれぞれ握り、車を停めてある場所まで山道を駆け下りた。

転がり込むように車へと乗り込み、すぐにエンジンをかける。周りの木にめり込みそうになりながら方向転換をし、翔平は勢いよくアクセルを踏んだ。

山を下りきるまで、少女も日菜子も翔平も、誰一人として口を開かなかった。どうにかこうにか山のふもとまで辿りつき、料金所を通り抜けて長野自動車道を走り出してから、ようやく張り詰めていた空気が和らいだ。

「ありがとうございます。本当にありがとうございます」

後部座席で、少女がまたすすり泣きを始めた。日菜子はその横に座っていて、「もう大丈夫だよ」と少女の頭を何度も撫でていた。

「このまま、東京まで送り届けるからね。カーナビに入力するから、あとで家の住所を教えてね」

「はい。あの……お二人は、どなたですか。父の知り合いとか、党の関係者とか、ですか」

「ううん、違うよ。ただの一般人。ニュースを見て、もしかしたらって思って見に来てみたの」

「一般の方が、どうして」

「政治家のお偉いさんたちは、いくらミキエちゃんを助け出したくても、さっきみたいな手は使えないでしょ。法律を破ったってバレたら、政治家生命が終わっちゃうもんね。マークもされずに敵陣に乗り込めるのは、一般人の特権！」

日菜子が胸を張ると、少女は「わあ」と感激したような声を上げた。

何が一般人の特権だ、と翔平はハンドルを回しながらため息をつく。――一歩間違えば、翔平も日菜子も、今頃パトカーの中だ。

「お名前を、教えてもらえませんか。お礼は必ずします」

「追掛翔平と、日菜子。兄妹なの。お兄ちゃんが大学二年生で、私が高校二年生」

「ええっ、そうなんですか」

翔平と日菜子の年齢が若かったことに、少女はずいぶん驚いたようだった。「私、高一です」と、彼女がか細い声で言う。

「わぁ、歳、近かったんだね」日菜子が嬉しそうな声を上げた。「東京までの三、四時間の間だけど、よろしくね。――高杉ミキエちゃん」

思わず、ブレーキを踏みそうになった。

「ちょっと待て。この子の名前は狩野ミキエだろ。高杉首相が狩野元大臣を脅迫してその娘を人質に取ったって、そうニュースでやってたじゃないか。ごっちゃにするなよ」

「ううん、そうじゃないと思うよ。ね？」

バックミラーを覗くと、少女の顔を覗き込む日菜子の姿が見えた。

「はい。私の名前は――高杉ミキエです」

さっきまでは蚊の鳴くような声で喋っていた少女が、はっきりと言った。さらに後部座席から身を乗り出してきて、切羽詰まった口調で尋ねてきた。

「高杉首相が狩野さんを脅迫したって、何のことですか。私が狩野さんの娘って、どういうことですか。そんなことが、ニュースで流れたんですか」

矢継ぎ早に質問をぶつけられ、翔平はハンドルを握ったまま目を白黒させた。困惑してバックミラー越しに日菜子に助けを求めると、日菜子は「まだ分かってないのぉ」といつもの調子で腕を組んだ。

「お兄ちゃん。さっきの別荘のセキュリティ、どう思った？」

「どうって……だいぶ緩いな、と。建物は古いし、警備の人間も立ってないし。一国のトップともあろう人がこんなところで休暇を過ごして大丈夫なのかと心配になったよ」

「じゃ、その心配は要らないよ」日菜子がもったいぶったように言う。「だってあそこ、高杉首相の別荘じゃないもん」

「え？」

「で、この子は、高杉首相の娘さん」

「……は？」

何も理解できない。翔平が黙り込むと、日菜子が胸を張って言い切った。

「あのね、逆だったの。娘を誘拐されたのは、高杉首相のほう。この事件の犯人は、あの別荘の所有者——狩野義明だったんだよ」

＊

逆、と突然言われても、すぐには頭の中を整理できなかった。

「ちょ、ちょっと、順を追って整理させてくれ。まず、俺たちは、狩野義明の別荘に忍び込んだのか？　高杉首相じゃなくて？」

「そうだよ」

「どうして教えてくれなかったんだ」

「だってお兄ちゃん、すぐ動揺してボロを出すでしょ。高杉首相の別荘じゃないって先に教えたら油断しちゃうかもしれないし、足を引っ張られたら困るし――慎重になりすぎるくらいがちょうどいいと思って」

「生意気な」

翔平は歯嚙みした。誠に遺憾だが、妹の指摘は実に的を射ている。

「長野に行きたいって言いだしたときから、日菜の目的地は狩野義明の別荘だったたってことか」

「そのとおり」

「にしても、狩野義明が自作自演をしてたって、どうして分かったんだ？」

「簡単な話。手紙に書いてあった住所だよ」日菜子は何でもないように言った。「お兄ちゃんの推理したとおり、もしあの手紙が浩二郎さんから狩野義明に送られる予定のものだったのなら、住所は浩二郎さんの別荘を指してるはずだよね。電話のやりとりからして、浩二郎さんがそこを取引場所に指定したんだって考えられるから。でもね、よくよく見たら、手紙の住所はちょっと不思議だったの」

「どこが？」

「浩二郎さんのフェイスブックにね、別荘滞在中に諏訪湖の花火大会を見に行きました、って投稿があったの。浴衣姿でね、めちゃくちゃ素敵な写真だった」

「ああ、お前がソッコーで印刷して部屋にでかでかと貼ったやつな」

「そうそう。でね、お兄ちゃん、諏訪湖って長野県のどのあたりにあるか知ってる？」

「え、どうだろう。来るときも通ってきたから、東京寄りのほうか？」

「正解。長野県の南部だね」

日菜子は得意げな調子で話を続ける。

「ところでさ、長野県って縦長の形をしてるよね。面積も全都道府県の中で四番目に大きい。そんな長野県の中で、北から南まで移動しようと思ったら、けっこうな時間がかかるよ。高速を使っても一時間は平気でかかる」

だんだん、日菜子の言いたいことが分かってきた。

「千曲市が位置するのは、長野県の北部だったな」

「そうなの。諏訪湖の花火大会が開催される八月の中旬は、長野県内でも各地で花火大会が行われてる。もちろん、千曲市でもやってるよ。そうするともし首相の別荘が千曲市にあるのなら、わざわざ諏訪湖まで足を運ぶとは考えづらいよね」

それで、全部逆だったんじゃないかってひらめいたんだ――と、日菜子は言った。首相の別荘のおおよその場所をネットの噂から突き止め、やはり手紙にあった住所ではありえないと確信を強めた。狩野義明のブログを読み返し、公開された電話の音声ももう一度聞いた。

《すべてが逆だった》という仮説の反証になるようなものは何もなかった。

「あの手紙は、浩二郎さんが狩野義明に送ろうとしたんじゃなくて、狩野義明から送られてきたものだった。つまり、手紙に書いてあった住所は、狩野義明の別荘を指している。――そう考えたとき、『やっぱり』って思ったよ。すっと腑に落ちたの。やっぱり、浩二郎さんには子どもがいたんだなって」

「分かってたんですか？　お父さん、私のことを公表していないのに」

翔平と日菜子の会話を黙って聞いていたミキエが、驚いたような声を上げた。

「だって、あんなに児童福祉政策とか教育制度整備のことばかり訴えるんだもん。『この国の未来は、すなわち、子どもの未来です』なんて言葉を素直に言えるのは、浩二郎さん自身に愛する子どもがいるからこそ、だよね。まあそもそも、児童養護施設訪問をしてる映像をテレビで見たときから、〝子育て経験者〟っぽい顔をしてるなぁとは思ってたんだ。私くらいのプロになると、推しの顔をちょっと観察するだけで、それくらいのことは分かるから」

「……推し？」

「あー日菜、話を戻そうか」

総理大臣の娘ともあろう人物に、妹の本性をさらすわけにはいかない。

翔平が話の続きを促すと、日菜子は「一番おかしかったのは、ニュースで流れた録音の音声かな」と真面目な口調で言った。

「なんか、切り貼りしたみたいに聞こえたんだよね」

狩野義明と高杉首相の電話会談の全容はおそらくこうだったのではないか——と、日菜子はペラペラと推測を語ってみせた。

『高杉ミキエを預かった。返してほしければ、次の内閣にポストを用意しろ。でないと、娘の存在を世間に公表した上で、秘密を洗いざらい喋るぞ』

これは狩野義明の言葉ね、と日菜子が注釈を加える。失言問題を起こして世間から大バッシングを受けた狩野義明は、日曜に迫っている次の総選挙で衆議院議員の座を追われる可能性が高い。その点、大臣であれば、一定人数までは国会議員でなくとも就任することができる。

『無茶な要求はやめろ。今の君に閣僚ポストを用意できるわけないだろう』

『一歩も後ろに引く気はない。閣僚人事に融通を利かせて娘の無事と政権の安定を得るか、正義を貫いて内閣総理大臣の座を失うか、どちらかだ』

『今ならまだ引き返せるぞ。そのまま何もせずに娘をこちらに寄越せば、悪いようにはしない。どうだ、一度よくよく考えてみてくれ』

『断る。さっさとこちらの要求に従わないと、大事な娘が悲惨な目に遭うぞ』

『……分かった。だが君を内閣に入れるのはさすがに無理だ。金を払うから、それで何とか手を打ってくれ。だがその前に、娘の無事を確認させてほしい』

ここで、例の手紙が首相のもとに届けられた。

その上で、二回目の電話会談が行われた。

『前回要求した娘からの手紙だが、確かに受け取った。次は、娘と金を引き換えだ。取引場所は別荘でいいな。無論、君のほうのだ。手紙に書いてある住所がそれだな？衆院選が終わったら、必ず行く』

——そういうことだったのか。

翔平はハンドルを強く握りしめた。

——情報を切り取って事態を逆に見せかけるなんて、卑怯《ひきょう》な真似を。

「さっきも言ったけど、狩野元大臣って、政治家としてはもう背水の陣だったでしょ。というか、ほぼ政治家生命は絶たれてた。女性蔑視発言問題の後、奥さんと娘が家を出ていったっていう報道もあったし、きっともう自暴自棄になってたんだよ。高杉首相の弱みにつけ込んで、何でもかんでも奪ってやろうとしたんだと思う」

「とんでもないやつだな。大臣の座を降ろされて当然だよ」

「電話の音声を切り取って動画サイトに流したのだって、たぶんその場の思いつきだよ。高杉首相を脅迫してコントロールするよりも、浩二郎さんのイメージを地に落として政権交代させちゃったほうが、与えるダメージは大きいと考えたんじゃないかな。だから、総選挙の投票日直前を狙ってわざわざブログで暴露したんだよ」

日菜子は憤然と言い放ち、「浩二郎さんを脅迫犯に仕立て上げるなんてホント許せない！」と後部座席で地団駄を踏んだ。

「ん、でも待てよ」

だんだん明るくなってきた遠くの空を眺めながら、翔平は首を傾げた。

「そもそもの話だけど、どうして高杉首相はミキエちゃんのことを公表しないんだ？」

「それは――」

ミキエがか細い声で言いかけて、口をつぐむ。その背中を日菜子がそっとさすっているのをバックミラー越しに眺めながら、翔平は語気を強めた。

「自分には実は高校生の娘がいた。娘を人質に取られ脅迫されていたのは自分のほうだった。犯人の狩野義明が電話の音声を勝手に加工したのだ――って、言えばいい話じゃないか、単純に。どうしてそうしなかったんだろう」

狩野義明の犯罪行為の前提には、高杉首相が一切反論してこないだろうという確信があったように思える。でないと、総理大臣を脅迫したり、自分が起こした誘拐事件の加害者と被害者を入れ替えて世間に発信したりといった大胆すぎる行動は起こせないはずだ。

「支持率六十パーセント超の高杉首相VS女性蔑視発言問題で株を大幅に下げた狩野

元法務大臣だったら、絶対に国民は高杉首相の言い分を信じるよ。それなのに、なんで？　そんなに娘の存在を世間から隠していたいのか？　隠し子なのか、実は離婚歴があるのか、非公表にしたいという家族の意向なのか——事情は分からないけど、いずれにしろ、日本の政治が今にもひっくり返ってしまいそうなときにまで隠しておくことじゃないよ」

翔平が疑問を並べ立てると、不意に、後部座席から大きな泣き声が聞こえてきた。

「ごめん、言いすぎたか？」と翔平は慌ててミキエに声をかけたが、彼女は激しく首を振りながら無言で涙を流し続けた。

「あのね……ミキエちゃん。ちょっと、立ち入ったことを訊いてもいいかな」

日菜子が、何か迷いがあるような口調でミキエに話しかけた。

「高杉ミキエ。すごく素敵な名前だよね。だけど、これって……あのね、もし違ったら申し訳ないし、想像でしかないんだけど、もしかして——」

翔平が想像もしていなかったような質問を、日菜子がミキエへと投げかけた。

＊

十月十三日土曜日、午後五時。衆院選を翌日に控えた池袋駅前は、身動きが取れないくらいごった返していた。

自由民政党の選挙カーが停車しているロータリーには、見渡す限り人がひしめいている。そのほとんどが、厳しい顔で選挙カーを見上げていた。

中には、プラカードや横断幕を掲げた人たちもいる。『高杉帰れ』『総理辞職』『逃げるな』などという気分が悪くなりそうな言葉の数々が、その上に油性ペンで書き殴られていた。

高杉首相が応援演説を開始する前から、池袋駅前ではアンチによるブーイングの嵐が巻き起こっていた。「かーえーれ！　かーえーれ！」「犯罪者！　犯罪者！」という攻撃的なコールが終始鳴り響き、マスコミのテレビカメラがその様子を映している。隅に追いやられたファンのグループが、必死に「高杉さん！」「信じてるよ！」などと選挙カーに向かって叫んでいるけれど、その声は騒音に掻き消されてしまっていた。

隣で腕を組んでいる兄が、何やらぶすっとした顔で言葉を発した。「え？」と日菜子が耳を近づけると、「まるで世紀末だな」と兄が大声で叫び返してきた。

本当に、そのとおりだった。

――どうして、大の大人がこんなにたくさん集まって、これほど幼稚な言葉を繰り返し吐くことができるんだろう。

ほんの少しイライラしながら、日菜子は最前列で足踏みをした。

昨夜ニュースで第一報が流れてから今まで、高杉首相は公の場に一切姿を現していなかった。そのせいで、今日もネットは炎上の嵐となっていて、衆院選の特番やワイドショーもすべてこの話題で持ち切りになっていた。

高杉首相による今日の応援演説はすべてキャンセルされた。衆院選投票日前日としては、考えうる限り最悪の展開だ。ツイッター上には『あいつ逃げやがった』『自由民政党も終わりだな』という批判的な言葉が飛び交っていた。

だけど——池袋駅前の最終応援演説には、きっと現れるに違いない。

日菜子はそう信じて、三時間以上も前から池袋駅のロータリーに待機した。集まってきたアンチのグループに負けまいと、じわじわ押されても必死に踏ん張った。その結果、今こうして、応援演説を始めようとしている高杉首相の目の前の位置に陣取っている。

選挙カーの上では、東京十区の自由民政党候補者がマイクを通じて声を張り上げていた。何期も連続で衆議院議員を務めている、ベテランの政治家だ。けれど、その候補者の演説は、ブーイングのせいでまったく聞こえない。

「来た！」

誰かが大きな声で叫んだ。

ふと気がつくと、演説する候補者の後ろに、高杉首相の姿があった。

今日は厳戒態勢で到着し、ハイタッチや声かけといった平和なイベントは一切なしに、直接選挙カーへと上ったようだった。

高杉首相の姿を見つけるや否や、池袋駅前の騒音はいっそう大きくなった。

『皆さん、本日は――』

厳しい目をした高杉首相が、マイクを持って話し始める。もちろん、その声も観衆には届かなかった。

日菜子のすぐ後ろで、レポーターがテレビカメラに向かって喋り始めた。

「えー、ただいま高杉首相の応援演説が始まりました。しかし、ブーイングの声が大きく、まったく聞こえない状況です。首相が狩野元法務大臣を脅迫したという昨夜の報道への沈黙を受けて、人々の怒りは頂点に達している模様です。高杉首相、そして自由民政党は、明日の選挙を無事に迎えることができるのでしょうか」

無事に迎えさせなくちゃ――と、胸に誓う。

高杉首相は、何も悪くない。真実を何も知らない人たちが首相を追い詰めている光景を、これ以上見ていたくなかった。

「お兄ちゃん、準備はいい？」

大きな荷物を持っている兄の腕をつつくと、「え、もう？」と素っ頓狂な声が返ってきた。

「さっきは、首相の演説が始まってしばらくしてからって言ってたじゃないか」

「だって全然聞こえないんだもん。誰も耳を傾けてない演説なんて、やるだけ損だよ」

そう主張すると、兄はぶつぶつと口の中で文句を言ってから、「分かった」と一つ頷いた。

「よおし。じゃあ行くよ。お兄ちゃん、GO！」

日菜子の合図とともに、兄が選挙カーの前へと躍り出た。小脇に抱えていたゴミ袋からお風呂用の大きな椅子を取り出し、地面に置く。日菜子は軽やかに駆けていき、その上にひらりと飛び乗った。

選挙カーを見上げ、高杉首相に一礼する。制服姿の女子高生が突然出てきて驚いたのか、首相はマイクを下ろしてこちらを見つめていた。

「日菜！」

兄がメガホンを差し出してきた。学校の避難訓練で使うようなメガホンを、都内の大型家電量販店で購入してきたのだ。

日菜子は覚悟を決め、メガホンを受け取った。電源を入れて、音量のつまみを最大にしてから、メガホンを口元に当てる。

『うるさーい！　野次はやめてください！　演説が聞こえません！』

大声で叫ぶ。場違いな女子高生の登場に動揺したのか、さっきまで絶え間なく続いていたブーイングが収まった。ファンもアンチも通行人も、困惑したような顔をして日菜子のことを眺めている。

効果的な演説をするには、静寂が必要だった。日菜子はわざとメガホンを下ろし、観衆を睨みつけた。

だんだん、日菜子に注がれる視線が増えていき、雑音も減っていった。

『あ、止めないでください』

近くにいる自由民政党のスタッフが日菜子のところに駆け寄ってこようとしているのを見て、日菜子は再びメガホンを口に当てた。

『お願いですから、少しだけ、私の話を聞いてください』

身体中が熱くなって、頭の中が白く点滅した。緊張で膝が笑っている。その震えを抑えようと踏ん張りながら、日菜子はスタッフに向かって深々と頭を下げた。

スタッフたちの顔に、戸惑いの色が浮かんだ。その隙を狙って、すっかり静まった観衆に向かって、日菜子はメガホンを通して語りかけた。

『今日は皆様に、ご覧に入れたい方がいます。怒っている人も、心配している人も、この方の話を聞けば、納得がいくと思います。高杉首相、見てでてくださいね！』

そう言いながら、最前列で縮こまっている少女に向かって手招きをした。少女は一瞬目をつむり、じっと胸に手を当ててから、日菜子のもとへと走ってきた。

そばに控えていた兄が、踏み台を一つ、日菜子が立っているお風呂の椅子の隣に置いた。

その上に、少女が恐る恐る乗る。

彼女がパーカーのフードを取り去った瞬間、選挙カーの上から大きな声がした。

「ミキエっ！」

高杉首相だった。振り返って見上げると、高杉首相が選挙カーの柵から身を乗り出して、踏み台の上に立った愛娘へと手を差し出していた。さっきまでは硬かったその表情がみるみるうちに崩れ、「無事だったのか！」という嗚咽交じりの声が首相の口から漏れる。

観衆がざわついた。ミキエとは何者なのか。首相と少女の関係は何なのか。池袋駅前を、動揺が駆け巡る。

『説明します』

間髪を容れずに、日菜子は再びメガホンを持ち上げた。

『ここにいる高杉ミキエさんは、今日の朝方まで、長野の山奥にある別荘に監禁されていました』

緊張で肺がつぶれそうだった。もともと、日菜子は上がり症だ。英語の授業でプレゼンしたときに、首まで真っ赤になるくらい。音楽の授業で歌を発表したときに、声がかすれてまったく出なくなるくらい。高校のミスコンに出演を打診されても、本人でなく友達が笑って断ってしまうくらい。

でも——推しのためなら。

高杉首相のためなら。

ううん——友達になったばかりの、ミキエちゃんのためなら。

今は、一歩も引くわけにはいかなかった。

『動画サイトで公開されたあの音声は、断片にすぎなかったんです。高杉首相は無実です。それどころか、今回の事件の被害者だったんです。大事な娘さんを誘拐された上に、脅迫犯という汚名まで着せられていたんです』

ざわめく観衆に向かって、日菜子は一言一句、懸命に語りかけた。いくつものテレビカメラがこちらに向けられているのを感じ取り、身体の震えが増した。

『私も、全然知りませんでした。高杉首相夫妻に、娘さんがいたってこと。でも、納得もしました。高杉首相は、児童福祉政策に力を入れています。昨夜新橋駅前でしていた応援演説の中でも、こんなことを言っていました。——この国の未来は、すなわち子どもの未来だと。子育てしやすい社会を作るため、保育園を増やすと。高校の授業料を無償にして、義務教育にしていくと。そして、里親制度の充実と認知度アップもしていきたい、と。どんな子どもにも、家庭の中ですこやかに育つ権利があるということを、高杉首相はしっかり訴えていました』

——ここからは、高杉ミキエさんに話してもらおうと思います。

日菜子はゆっくりと最後の言葉を発し、隣の踏み台に立つミキエへとメガホンを手渡した。

あとは任せたよ、と耳元で囁く。ミキエは覚悟を決めた様子で、こくりと頷いた。

『皆さん、はじめまして』

ミキエはメガホンを手に、緊張した面持ちで観衆に呼びかけ始めた。

『私の名前は、高杉ミキエといいます。高杉という苗字から分かるかもしれませんが、私のお父さんは高杉浩二郎です』

群衆が一斉にざわめく。ミキエは目をつむり、苦しそうな表情で続けた。

『――でも、生まれたときからそうだったわけではありません。高杉浩二郎は、私の育ての親です。十五年前、私がまだ一歳だった頃から、ずっと育ててもらっています』

アンチ集団の中から、「ひどいじゃないか！」という野次が飛んだ。「養子だったから、その存在を世の中に公表しなかったのか？　そんなの差別だろう！」「こそこそしやがって！」「国民に対して秘密は作らないんじゃなかったのか！」という声が、次々とミキエと日菜子に突き刺さる。

『お父さんが私のことを世間から隠していたのには、理由があるんです。養子だったからではありません。お父さんは、私が変な注目を浴びないように、ずっと守ってくれていたんです』

ミキエが声を張り上げ、必死に訴えた。

『私は十五年前、子どもができず養子縁組を希望していた高杉夫婦とマッチングされて、お父さんの子になりました。どんな夫婦にどの子どもを預けるかというのは児童相談所の判断なので、里親側が子どもを選ぶことはできませんし、子どものほうが好きな里親を決めることもできません。そんな中、今のお父さんお母さんのところに行かせてもらえたのは、私にとって本当に幸せなことでした』

選挙カーの上から、「ミキエ、それ以上は――」と高杉首相が慌てた顔で呼びかけてきた。ミキエはちらりと後ろを気にしてから、まっすぐ群衆のほうを向いて真剣な顔で演説を続けた。

『本当の親がどんな人だったのかは、全然覚えていません。当時は一歳だったから、親が私を育てられなくなって乳児院に預けられたことも、しばらく施設で過ごしてから高杉家に引き取ってもらったことも、何も記憶にありません。でも、お父さんとお母さんは、ちゃんと私の素性を把握していました。私がどこの誰の子で、どういう経緯を辿って児童相談所に保護されたのかということを』

私の名前はミキエといいます――と、少女は再び言った。

――未来の、恵み。三文字繋げて、『未来恵《みきえ》』。それが、私の名前です。

『小さい頃から、私の名前はカタカナで書くように教えられてきました。だから私はずっと、自分の本名を《高杉ミキエ》だと思っていました。漢字があったのを知ったのは、中学生になってからです。お父さんは、その由来をきちんと教えてくれました。ものすごく……ものすごく、ショックでした。私の本当の両親が、《みらいのめぐみ》の信者だったなんて。私が施設に入れられたのは、新橋駅爆弾テロ事件で両親がともに逮捕されて、一人娘の面倒を見る人がいなくなってしまったからだったなんて。私の本名が、《具嶋未来恵》だったなんて』

ミキエの声が大きく震えたのを感じ取り、日菜子は素早く手を差し出した。ミキエの右手を握り、大丈夫だよ、と力を込める。ミキエはぼろぼろと涙をこぼしていた。

もはや、集まった人々は一言も喋らなかった。泣きながら告白をする首相の娘を、ぼんやりと見つめていた。

『私は、テロという最悪の罪を犯した父親の子どもです。もちろん、高杉ミキエというまったく別の名前で過ごしていれば、そのことは誰にもバレないと思います。でも、首相の娘となると、そうはいかないかもしれません。テレビ、新聞、雑誌、いろいろな人が、首相本人だけでなく、その家族にも注目します。そうなったときに、もし私が具嶋敦男の娘だと分かってしまったら、周りの見る目が変わって、私が一生つらい思いをすることになる。――お父さんはそう言いました。私にまったく罪はない。具嶋という男のもとに生まれたことは、私という人間を何かの枠に当てはめるものではない。そう言って、私のことを抱きしめてくれました。お父さんが私の存在を公にしなかったのは、私のプライバシーを守るためだったんです。だから、今回みたいに変な疑いをかけられても、本当のことを言い出せなかったんです』

日菜子が「ミキエ」という名前の由来に気づいたのは、ちょっとした違和感からだった。

自分の名前をカタカナで書くのはなぜなのか。もともとそういう名前なのか。そうでないとしたら、どうしてか。画数が多いからか。いや、もしくは——。

高杉首相が頑なに娘の存在を世間に隠し続けていることや、狩野義明がブログで《みらいのめぐみ》の具嶋敦男と高杉首相の関係を仄《ほの》めかしていたことと結びつけて考えたとき、答えは自然と浮かび上がってきた。

そして昨夜、長野から東京に戻る車の中で、日菜子はミキエに一つ提案した。

——お父さんの汚名をすすぐために、ひと役買ってみない？

ミキエはためらうこともなく、決意に満ちた声で答えた。

——はい。私に、できることなら。

「ミキエ、何てことを……」

後ろで、高杉首相がかすれた声を出した。マイクを持つ手はだらりと垂れ下がっていた。

首相も、スタッフも、レポーターも、カメラマンも、警備に来ている警察官も、ファンの集団もアンチの集団も、一様に目を見開いて、メガホンを携えている高校一年生の少女に視線を注いでいる。

『お父さんは、何も言わないという手段で、私のことを守ってくれました。だから今度は、私がお父さんを助ける番です。——私は、お父さんのことを陥れようとした狩野さんに誘拐されて、今朝までずっと長野の山奥に閉じ込められていました。狩野さんは、法務大臣をしていたときに《みらいのめぐみ》関連の調査をして、たまたま具嶋敦男の娘のその後について知ってしまったんです。それで、今回、そのことをネタにお父さんを脅迫したんです。内閣にポストを用意してくれなければ、私の出自の秘密をばらすと言って』

日菜子はミキエの手を強く握ったまま、念を送り続けた。

——頑張って、ミキエちゃん。あと少し。あと少し。

『狩野さんは、私の実の父親である具嶋敦男と、育ての親である高杉首相の間に、何か特別な関係があると疑っていたみたいです。でも、そんなことは絶対にありえません。私は児童相談所から委託されて、その頃はまだ政治家でもなかったお父さんのもとで養育してもらえることになりました。これは素敵な偶然で、なんていうか――本当に、奇跡だったんです。一歳の頃から十五年間、ずっと育ててもらってきたから分かります。お父さんの愛情は本物です。偏見も先入観も、変な利害関係もなく、普通の女の子として、私のことをしっかり育ててくれました。お父さんが政治家になってからは、人目を避けるために全寮制の女子校に入ったりして、家族で一緒にいられなくなって寂しい思いをすることも多かったけど、それも全部、お父さんなりの優しさです』

ミキエのメガホンを持つ手は大きく震えていた。彼女の頰は紅潮し、顔は汗でつやつやと輝いていた。

『私は、高杉浩二郎の娘です。実の親のことは覚えていないし、私には関係のないことです。だから、今日お話ししたことが日本中の皆さんに知られてしまっても、変わらずに胸を張って言えます。私は、私のことを大事に思ってくれるお父さんのことが、心から大好きです。私のお父さんは、高杉浩二郎です。私のお父さんは、他の誰でもありません!』

絞り出すように、ミキエが叫んだ。

世間に隠し続けてきた、十五年間。

その長い時の流れを、ひっくり返すように。

我慢してきたいろいろな思いを、夕暮れの空へと解き放つように。

メガホンを下ろしたミキエの元に、背後から駆け寄ってきた人物がいた。

「ミキエ！」

「お父さん！」

ミキエが泣きそうな声で叫んだ。踏み台の上から飛び降りて、高杉首相の胸へと駆け込んでいく。受け止めた娘の身体を、高杉首相は強く抱きしめた。二人の頰には、美しい涙が伝っていた。

パチパチ、と兄が手を叩き始めた。

日菜子も我に返り、それに続いた。じきに、拍手は池袋駅前の観衆全体へと伝播した。

父と娘は、長い間、多くの人に見守られながら抱き合っていた。やがて、高杉首相が娘から離れ、彼女の頭を優しく撫でた。

止みかけていた拍手が、再び沸き起こった。

「君が、助けてくれたのか」

高杉首相が顔を上げ、こちらを向いた。柔らかい眼差しが、まっすぐに日菜子の顔を捉える。「えっ、あっ、はい」と日菜子は慌てて返事をした。途端に、首のあたりがかっと熱くなる。

「本当にありがとう。感謝してもしきれないよ」

選挙ポスターよりも、児童養護施設訪問の映像よりも、ずっと素敵な笑顔を目の前の高杉首相が見せた。

高杉首相が大きな手を差し出してきた。恐縮しながら、その手を握る。首相の手は、分厚くて、大きくて、ほんのりあたたかかった。

次に高杉首相は、兄にも握手を求めた。慌てに慌て、回収しようとしていたお風呂の椅子を取り落としている兄を横目に――日菜子は、一目散にその場を逃げ出した。

「おい！　日菜！　日菜ってば！」

池袋駅のＪＲ改札口付近で、兄が追いついてきた。右肩には、お風呂の椅子と台所の踏み台を入れたゴミ袋をかけている。左手にはメガホンを持っていた。人混みの中を大荷物で移動したせいでエネルギーを消費してしまったのか、ぜいぜいと息を切らしている。

「お前、どうしたんだよ。せっかく高杉首相に感謝されて握手もしてもらったのに、突然逃げ出したりなんかして。あのままあそこにいれば、感謝状とか、総理大臣とのディナーとか、首相官邸へのご招待とか、そういう特別なご褒美があったかもしれないんだぞ！」

兄が力説する。欲にまみれた言葉を突っぱねる元気さえ、今の日菜子にはなかった。

「だって、胸が苦しすぎて」

「ん？」

「あんなの無理だよ！　もう、ファンなんてやってられない！」

「おいおい、いったい何があった」

「ハグだよ、ハグ！　目の前で、というか一メートルくらいの至近距離で、推しと愛娘が熱烈なハグ。二十秒以上は抱き合ってた！」

「は？」

「もうさ、あんなの見ちゃったら、立ち直れないよ。百歩譲って、頭を撫でるのはいいよ。握手も許す。娘のことが大好きなそぶりを見せるのも、全然オッケー。でも、さすがにハグはつらいよ。見ててつらい！」

「ちょ、待て、お前の判断基準が全然分からないぞ。父親が娘と抱き合うなんて、ただの微笑ましい光景じゃないか」

「理性では分かるんだけどね、なんか違うの！　恋人同士でしかやらないようなことはね、推しはファンの前でやっちゃいけないの。ファンにはね、推しに対してそういう節度を求める権利があるの。手を繋ぐとか、抱き合うとか、そういうことを私みたいなファンの前で――ああもう耐えられない！　推しのあんな姿を目の前で見せつけられて、もう私の心はバッキバキ！」

「はあぁ？」

「もう嫌だぁ！」

日菜子は兄に向かって大声で叫んで、改札の中へと駆けだした。「ちょっと待てって！」と後ろから追ってこようとした兄が、改札で引っかかった音がする。荷物が物理的に引っかかったのか、交通ＩＣカードのお金がチャージされていなかったのか、どっちだろう。

――推しのことは、ただ見ているだけでいいのに。

――部屋に写真を飾って楽しめれば、それだけでいいのに。

それなのに。

――どうして毎回、距離の測り方を間違えちゃうんだろう。

電車のホームへと続く階段を上りながら、日菜子は幾度も自問自答した。もう、よく分からない。それが、日菜子の運命なのかもしれなかった。

——もう、追っかけなんてやめちゃおうかな。

ホームへと辿りつき、感傷的な気持ちに浸りながら、電車を待つ列に並ぶ。ぼんやりと前方を眺めていると、線路の向こうに貼ってある巨大ポスターが目に飛び込んできた。

野菜ジュースの広告だった。『野菜がイチバン、あなたにイチバン！』というキャッチコピーが躍っている。二十歳くらいの若い男子が野菜ジュースのパックを手に持って、こちらに向かってにこりと微笑んでいた。

見たことがない芸能人だった。俳優か、モデルか、タレントか。もしかしたら、イケメンの芸人だったりして。

——この男の子、誰だろう？

ポケットに突っ込んでいたスマートフォンを、片手でするりと取り出す。ロックを解除して、インターネットのブラウザを立ち上げた。

検索ワードを打ち込みながら、ちらりと顔を上げる。野菜ジュースをＰＲしている、巨大ポスターの中の男子と目が合った。

みずみずしい肌。
キラキラと輝いている瞳。
白い歯を惜しみなく見せている口元。
笑った頬には、可愛らしいえくぼ。

心が、きゅう、と締めつけられる。
――あ、次の恋の予感。

この作品は書き下ろしです。原稿枚数446枚（400字詰め）。

片想《かたおも》い探偵《たんてい》　追掛《おいかけ》日菜子《ひなこ》

辻堂《つじどう》ゆめ

平成30年6月10日　初版発行

発行人――石原正康
編集人――袖山満一子
発行所――株式会社幻冬舎
〒151-0051東京都渋谷区千駄ヶ谷4-9-7
電話　03(5411)6222(営業)
　　　03(5411)6211(編集)
振替00120-8-767643
印刷・製本―中央精版印刷株式会社
装丁者――高橋雅之

幻冬舎文庫

ISBN978-4-344-42748-8　C0193　つ-12-1